krimikahl

Weitere Fälle mit Lale Petersen:

Muschebubu, Christine Sylvester, ISBN 978-3-938916-13-1
Oh du tödliche, Christine Sylvester, ISBN 978-3-938916-16-2

Außerdem in der Reihe krimikahl erschienen:

Blutspur, Romy Fölck, ISBN 978-3-938916-04-9
Täubchenjagd, Romy Fölck, ISBN 978-3-938916-07-0
kurz vor danach und gegenüber von immer, Beatrice und Philipp Beng, ISBN 978-3-938916-11-7

Christine Sylvester, geboren 1969 in Bielefeld, ist Diplomjournalistin und lebt und arbeitet als freie Autorin, Dozentin und Mutter zweier Kinder in Dresden.

Christine Sylvester

Barocke Engel

krimikahl

Dies ist ein Roman, ein Werk reiner Fiktion.
Figuren und Handlung sind frei erfunden.

3. Auflage September 2010
Copyright © 2005 by Kahl Verlag, Dresden
Alle Rechte vorbehalten
Umschlagillustration: Katharina Seidlitz,
»Der Traum des Architekten«
Umschlaggestaltung: Gunhild Röth, Olaf Schubert
Satz: Gunhild Röth, Olaf Schubert
Druck und Bindung: CPI – Ebner & Spiegel, Ulm
ISBN 978-3-938916-02-5

www.kahl-verlag.de

»Es war August der Starke, der die Renaissancestadt Dresden in die Barockstadt Dresden verwandelte. Berühmte Baumeister wie Pöppelmann …«

Lale unterdrückte ein Gähnen, bis ihr die Tränen in die Augen traten. Sie hätte heute Morgen einfach im Bett bleiben sollen. Oder sie hätte wenigstens einen Teil der zahlreichen Umzugskisten auspacken sollen, die zu Hause herumstanden. Sie wischte sich die Tränen mit dem Handrücken ab und bemühte sich um Aufmerksamkeit.

»Von hier aus sehen Sie das berühmte Altstadt-Panorama, im Hintergrund die Frauenkirche und dort die Brühlsche Terrasse, der so genannte Balkon …«

Lale beobachtete den Stadtführer. Er wirkte geradezu fasziniert von seiner Umgebung, als sähe er sie selbst zum ersten Mal. Begeistert sprach er, gestikulierte, drehte sich immer wieder um seine eigene Achse, während die kleine Gruppe – wahrscheinlich ausnahmslos Touristen – hinter ihm her über die Augustusbrücke ging.

»Wenn man hier auf der Brücke steht, also von hier nach dort schaut, kann man sich vorstellen, dass August der Starke aus Dresden eigentlich nicht nur ein Elbflorenz machen wollte, sondern ein Elbvenedig, doch 1756 mit dem Krieg …«

Lale hielt etwas Abstand zur Gruppe. Der nicht enden wollende Wortschwall des Stadtführers benebelte sie. Amüsiert beobachtete sie, wie er nun auf der Brücke stand und wie wild mit den Armen ruderte, zeigte und dabei emsig plapperte. Er war nicht unattraktiv: graue Schläfen, mittleres Alter, sehr gut gekleidet. Wirkte nicht wie irgendein schrulliger Historiker, der sich so seine Pension aufbesserte.

»Über August den Starken existieren allerhand Gerüchte. So soll er insgesamt über 200 uneheliche Kinder gezeugt haben. Tatsächlich belegt sind jedoch nur acht uneheliche Nachkommen …«

Lale seufzte. Sie hätte wirklich zu Hause bleiben sollen. Schon wegen Pit. Der saß vermutlich zwischen den Kisten, hatte behelfsweise den Computer angeschlossen und beamte sein Bewusstsein in virtuelle Fantasywelten. Morgen musste er zum ersten Mal in die neue Schule. Bestimmt nicht leicht, wenn man 16 ist … Ganz wohl war auch Lale nicht, wenn sie an die kommenden Tage dachte. Neue Umgebung, neue Kollegen, neuer Dienstgrad … Nun ja, Dresden war nicht Hamburg. Vielleicht waren hier auch die Verbrechen etwas … barocker.

Am Ende der Brücke, kurz vor der Kurve zum Theaterplatz, blieb die Gruppe stehen. Lale wäre beinahe einer älteren Dame im flotten Sommerkostüm in die hohen Hacken getreten. Sie konnte gerade noch stehen bleiben. Die Gruppe bildete einen Halbkreis um den Stadtführer, der mit dem Rücken zur steinernen Brüstung stand. Er sprach jetzt leiser und langsamer, irgendwie schleppend.

»August liebte alles Schöne. Neben Kunst und Architektur waren das vor allem die Frauen.« Er hustete. »Was übrigens nicht heißt, dass er sie gut behandelte … Ein typisches Zitat des Kurfürsten …« Der Stadtführer hielt sich den Bauch. Die Farbe war aus seinem Gesicht gewichen. Er stammelte: »Schönheit lockt mich, Charakter widert mich an.« Dann verstummte er, krümmte sich und brach unter starken Krämpfen zusammen.

Einen Moment lang verharrte die Gruppe in stillem Entsetzen. Dann hörte Lale ein dumpfes Röcheln. Entschlossen schob sie sich durch die Gruppe und beugte sich über den am Boden Liegenden. Immer noch schüttelten ihn Krämpfe und eine blutige Masse quoll aus seinem Mund hervor.

Lale zögerte nicht. Sie richtete sich auf, zog ihr Handy aus der Jackentasche und drückte eine Taste. »Schnell einen RTW zur Augustusbrücke.« Sie blickte sich kurz um. »Auf der Schlossseite. Sieht nach Organversagen aus.«

Als sie sich wieder dem Stadtführer zuwandte, starrte dieser aus glasigen Augen. Sie tastete an seinem Hals nach dem Pulsschlag. Seine Haut fühlte sich kalt und seltsam feucht an. Der Mann war tot.

Lale saß die Müdigkeit noch im Genick, als sie am nächsten Morgen missmutig ihren Wagen über den großen Parkplatz in der Schießgasse bugsierte. Vorsichtshalber parkte sie ihren wenig repräsentativen alten Audi in der letzten Ecke hinter den Polizeiwagen. Sie hatte in der vergangenen Nacht wenig geschlafen. An den Anblick von Toten hatte sie sich zwar inzwischen gewöhnt, aber ihnen beim Sterben zuzusehen, war doch etwas anderes.

In der Mordkommission der Dresdner Polizeidirektion hatte man sie offenbar schon erwartet. Als sie nach kurzem Klopfen die Tür öffnete und ein knappes »Moin« in den Raum warf, wurde sie von zwei Augenpaaren gemustert.

»Hallo! Sie müssen der Neuzugang aus Hamburg sein!« Ein etwa Dreißigjähriger mit halblangen Haaren und freundlichem Grinsen kam auf sie zu, nahm ihre Hand und schüttelte sie ausgiebig. »Uwe Krokowszic …«

»Angenehm.« Lale nickte. »Lale Petersen.«

»Gerste, guten Morgen.« Ein Mann mit Bürstenhaarschnitt stand vom Schreibtisch auf und bewegte sich bedächtig durch den Raum auf sie zu. Er war vermutlich nicht viel älter als Lale, so Mitte, Ende 40, schätzte sie. Auch er reichte ihr die Hand. »Sie sind also die, die sich ihre Leiche gleich mitbringt«, stellte er ohne eine Spur von Humor fest.

Lale beobachtete ihn genau. Sie hatte noch nie ein so regloses Gesicht gesehen.

»Ich bin der Chef hier von dem Laden«, erklärte Gerste. »Halten Sie sich an Absprachen, unternehmen Sie keine Alleingänge, erscheinen Sie pünktlich zu den Besprechungen und wir kommen klar.«

»Klar«, sagte Lale und beobachtete, wie er bedächtig zu seinem Schreibtisch zurückging und einige Formulare zur Hand nahm. Sein Gesicht verriet keinerlei Regung.

Erst jetzt bemerkte sie, dass der Jüngere noch immer neben ihr stand und sie neugierig anstarrte. Er grinste. »Sie sind aber groß!«, stellte er fest.

»Kroko. Abgang.« Gerste deutete mit knappem Kopfnicken auf die Tür und Krokowszic setzte sich wortlos in Bewegung.

Gerste reichte Lale einige Papiere. »Sie brauchen Ihren neuen Dienstausweis, die Waffe, die Schlüssel für Büro und Dienstwagen. Ihre Papiere habe ich kopiert und in der Abteilung weitergereicht. Es sind also alle im Bilde …«

»Wie bitte, was?« Lale spürte einen strafenden Blick und beeilte sich hinzuzufügen: »Ähm, Sie drücken sich etwas unklar aus …«

»Ich drücke mich niemals unklar aus. Wenn Sie mich ausreden lassen.« Gerste räusperte sich leise. »Ich schätze Transparenz. Deshalb habe ich alle notwendigen Infos verteilt.«

Lale beschlich das unbestimmte Gefühl, etwas falsch gemacht zu haben. Deshalb nickte sie nur.

Gerste ging zielstrebig auf sein Telefon zu und betätigte eine Kurzwahl. »Kommen Sie bitte mal!« Noch während er den Hörer auflegte, öffnete sich die Tür an der linken Seite des Raumes.

Herein kam ein kunterbuntes kleines weibliches Wesen.

»Das ist Ihre Assistentin Frau Schneider«, sagte Gerste. »Sie wird Ihnen alles zeigen. Wenn Sie noch Fragen haben sollten: Die nächste Besprechung ist um Punkt Neun, hier in meinem Büro.«

Interessiert beobachtete Lale wie Gerste sich an seinem Schreibtisch niederließ. Er versank unmittelbar in seinen Akten. Die Welt um ihn herum schien im Offline-Modus zu verharren.

Die kleine Bunte grinste sie an. »Bitte, kommen Sie!«

Lale folgte ihr durch die Tür in ein Büro, das einem Botanischen Garten würdig war. An den Fenstern, auf den Regalen und Schreibtischen wucherten mehr oder weniger exotische Grünpflanzen. Und in einer imposanten Palme hing ein Käfig, in dem zwei Wellensittiche saßen und vor sich hinkrächzten.

»Ich bin die Mandy«, sagte die kleine Bunte und schüttelte ihre Hand, dass die farbenfroh glitzernden Armreifen nur so klirrten. »Ich bin Ihre Assistentin. Kaffee?«

»Gerne.«

Flink zauberte Mandy hinter allerlei Gestrüpp einen knallroten Kaffeebecher hervor. »Milch? Zucker? Beides?«

»Gar nichts. Danke.«

»Aha, Koffein ohne Umstände. Ein echter Büroprofi.« Mandy reichte ihr lächelnd den Kaffeebecher. ›Es gibt nichts Gutes, außer man tut es‹ stand in schwarzer Schrift darauf.

»Da ist was dran.« Lale deutete auf die Aufschrift.

»Ja, recht hat er.« Mandy verschwand wieder im Gestrüpp und kam mit einer Tasse mit Engelmotiv zurück.

»Wer?« Lale nippte an ihrem Kaffeebecher.

»Na, Erich Kästner. Eine der sympathischsten Berühmtheiten unserer Stadt.«

»Ach so, der ...« Lale sah sich etwas ratlos um. »Wo ist denn nun mein Schreibtisch?«

»Da hinten.« Mandy ging voran und Lale bemerkte, dass

hinter all dem grünen Blätterwerk ein weiterer großer, sehr aufgeräumter und staubfreier Schreibtisch stand. Schnell warf sie die Formulare von Gerste in den nächstbesten Ablagekorb.

»Mögen Sie Kekse? Ich habe Ihnen eine Dose in die Schublade gestellt. Sind alle selbst gebacken. Ich bringe jede Woche neue mit.« Mandy lachte sie an. »Ich freue mich ja so, dass Sie da sind!«

Lale setzte sich an den Schreibtisch und betrachtete den Raum aus dieser neuen Perspektive, während Mandy munter drauflosplauderte.

»Ich glaube, wir werden gut miteinander auskommen. Endlich mal eine Frau in diesem Männerverein, ich meine, noch eine. Ich bin ja schließlich auch eine. Aber ich habe ja nichts zu sagen, noch nicht. Sie werden aber sehen, dass ich gute Arbeit leiste. Man muss mich nur auch mal lassen ... Und Sie waren also direkt dabei als unsere neueste Leiche gestern ...« Sie machte eine zügige Handbewegung auf Höhe ihrer Kehle; die Armreifen schepperten. »Ist ja krass!«

»A propos ...« Lale stellte die Kästner-Tasse ab. »Wo ist der Leichnam denn jetzt? Gibt es schon Neuigkeiten? Weiß man inzwischen, wer der Mann ist?«

»Ja, Moment.« Mandy verschwand kurz im Bürodschungel und eilte dann beflissen mit zwei Pappordnern zurück. »Hier. Er war Opernsänger, Italiener, hatte einen ganzen Stall voller Kinder, war zum zweiten Mal verheiratet. In Dresden ist, ähm, war er erst seit 2000. Semperoper, nehme ich an. Gucken Sie mal, die Fotos, Mann, was für ein Dicker!«

Mandy hielt Lale die geöffnete Mappe hin. Lale schüttelte ungläubig den Kopf. »Also dick fand ich den gar nicht, und wie ein Italiener wirkte er eigentlich auch nicht...« Sie schnappte sich die Mappe und blätterte. Darin waren Bilder von einem korpulenten Mann, der kopfüber in einem Brunnen hing. Dann gab es Porträtaufnahmen des Toten. Wie eine Wasserleiche sah er nicht aus. »Das ist nicht der Mann von gestern!« Lale klappte die Mappe zu. Auf dem Deckel war handschriftlich ein zwei Tage altes Datum vermerkt. »Dieser Tote ist von vorgestern.«

»Oh«, Mandy bekam ein hochrotes Gesicht. »Gott, das ist mir nun aber unangenehm. Sie müssen mich ja für komplett beschränkt... Ich bin heute nur einfach etwas schusselig!« Sie gab ihr schnell die andere Mappe. »Gleich zwei Tote – an einem Wochenende …«

»Und das bei der Mordkommission«, entfuhr es Lale. Sie biss sich auf die Unterlippe. Dann betrachtete sie die Fotos von dem toten Stadtführer und sah sich seine Personalien an. Ein Kunsthistoriker, seit 1998 Dozent an der Hochschule der Bildenden Künste, 48 Jahre alt, zum dritten Mal verheiratet, keine Kinder … Kein Vermerk über die Todesursache.

Mandy schien sie eingehend zu beobachten.

Lale nahm erneut die Informationen über den toten Opernsänger zur Hand. Auch hier kein Vermerk über Todesursache oder Todeszeitpunkt. »Wo sind die beiden jetzt?«

Mandy zuckte zusammen. »Äh, wie?«

»Wo die beiden Toten jetzt sind!«

»Na, in der Rechtsmedizin, nehme ich an.« Mandy zuckte die Achseln.

»Na, dann los!« Lale setzte schwungvoll die Kaffeetasse ab und sprang auf. Ein Rest Kaffee schwappte über und verteilte sich in einer kleinen Pfütze um die Tasse.

»Aber … Es ist gleich Neun. Die Besprechung bei Gerste«, gab Mandy zu bedenken und fügte erklärend hinzu: »Seine Besprechungen sind ihm heilig.«

»Na gut.« Lale warf einen langen Blick auf die Uhr. »Aber danach wird endlich mal gearbeitet.«

Mandy nickte grinsend. »Klar: Es gibt nichts Gutes, außer man tut es!«

Eine Stunde später klammerte sich Lale an den Beifahrersitz ihres Dienstwagens. Mandy brauste in halsbrecherischem Tempo über den Straßburger Platz. Dabei konnte sie kaum über das Lenkrad blicken. Die Gläserne Manufaktur sauste an Lale vorbei, dann ein Stück Grün, das zum Großen Garten gehören musste. Mit quietschenden Reifen bogen sie knapp vor einer Straßenbahn links ab.

»Die Ampel war dunkelorange und die Bahn hatte Vorfahrt«, sagte Lale vorwurfsvoll.

»Ach, wenn hier mal Rot ist, stehste ewig, und dann ist immer ganz kurz Grün. Da fahren alle.« Mandy setzte unbeirrt ihre Fahrt fort und brauste auf der Linksabbiegerspur über den Fetscherplatz, um einen der roten Stadtrundfahrtbusse zu überholen.

Diese Gegend Dresdens kannte Lale schon ein bisschen, denn sie wohnte in der Nähe, doch im Moment starrte sie nur auf die Autos, die sich knapp vor ihnen von rechts und links über ampellose Kreuzungen drängelten, schloss die Augen und wartete auf den Aufprall.

Mandy brachte den Wagen abrupt an einer der wenigen Ampeln zum Stehen. »Wenn der ni so blöde gefahrn wär!«, schimpfte sie, gab erneut Gas und bog rechts in eine Einbahnstraße. »Ich kenne eine Abkürzung.« Mit Karacho lenkte sie den Wagen durch vollgeparkte Seitenstraßen und schimpfte munter vor sich hin. Zu ihrer Linken quietschten mehrfach vollbremsende Autos.

Lale hielt sich die Hände vors Gesicht. Sie schwitzte. »Mandy, ich bitte Sie!«

»Warum? Hier ist rechts vor links. Ich hatte doch Vorfahrt!«

»Na toll! Super Grabinschrift: Aber ich hatte doch Vorfahrt!« Lale drückte sich tiefer in den Sitz.

Mandy fuhr entschlossen auf einen LKW zu, der ihr auf der rechten Fahrbahnseite entgegen kam, um an den parkenden Autos vorbeizufahren. »Nu, gucken Sie sich den an … Führerschein gewonnen, oder was!?«

Ihre weiteren lautstarken Ausführungen konnte Lale nicht verstehen. Sie vernahm jedoch eindeutig, dass es alles andere als freundlich war, was Mandy da an echauffierten Lautbildungen ausstieß. Allerdings schien das Geschimpfe ihre gute Laune nicht im Geringsten zu beeinträchtigen.

Lale war froh, als Mandy den Wagen in einer Querstraße vor dem Klinikgelände parkte und sie endlich wieder festen Boden unter den Füßen hatte. Sie mussten ein ganzes Stück zu Fuß gehen, um das Gebäude der Rechtsmedizin zu erreichen, in dem die Forensische Pathologie untergebracht war. Trotzdem war Lale noch immer etwas wacklig in den Knien, als sie die Flure des altehrwürdigen Baus durchschritten.

Gerste hatte sie telefonisch angekündigt, sodass sie bereits von Dr. Kowalski erwartet wurden.

Kowalski war ein untersetzter, fast kahlköpfiger Mann mit einer markanten Nase, auf der ein riesiges Brillengestell mit dicken Gläsern saß. Er mochte so an die 60 sein, sprach mit starkem osteuropäischem Akzent, aber in lupenreiner deutscher Grammatik.

»Sie sind eine ausgesprochen große Person«, sagte er lächelnd, als er Lale mit festem Händedruck begrüßte. »Eine blonde Hünin.« Er lächelte großväterlich. »Sie müssen meine unvermittelte Ausdrucksweise entschuldigen. Ich habe in meinem Beruf so selten Menschen mit pochendem Herzen um mich. Es geht eine so große Wärme vom Lebendigen aus … Sie kommen aus Hamburg? – Ja, ja, die Elbe. Da mussten Sie gewaltig gegen den Strom schwimmen, um so weit nach Osten zu kommen. Aber glauben Sie mir, es wird sich gelohnt haben! Dresden ist einfach himmlisch, nicht wahr, Mandy, mein Engel?! – Kommen Sie, wir können uns dort drüben der Konversation überlassen, jenseits des Jenseitigen. Ich habe Kuchen, eine wunderbare Dresdner Spezialität … Vergessen Sie die Lüste der Künste und die Leidenschaften der Musik! Das Wichtigste, das Dresden je hervorbrachte, ist die Dresdner Eierschecke. Ich sage Ihnen: Die Engel von Rafaels Sixtinischer Madonna träumen nicht vom Paradies. Sie blähen ihre hübschen vollen Wangen nach dem Genuss von Dresdner Eierschecke!« Er zwinkerte spitzbübisch hinter seinen dicken Brillengläsern.

»Eierschecke ist prima!«, freute sich Mandy und ging voran in einen kleinen Raum mit Küchenzeile und Sitzecke.

»Haben Sie sich die Toten denn schon angesehen?«, fragte Lale.

»Bitte, nehmen Sie doch Ihren Platz ein.« Kowalski deutete auf die Sitzecke und holte einen Teller mit Kuchen aus dem Kühlschrank. »Wir haben vor einer halben Stunde erst die Mitteilung der Staatsanwaltschaft für eine Obduktion der Herren erhalten.« Er hob den Kuchenteller auf Nasenhöhe, schnupperte vorsichtig daran und atmete tief ein. »Eine äußere Besichtigung bei dem italienischen Sänger habe ich bereits vorgenommen. Eine gewaltige Portion Mensch.« Er stellte den Kuchenteller auf den Tisch. »Ich werde eine Trittleiter gebrauchen, um seinen Brustkorb zu untersuchen.«

»Ist der Mann denn ertrunken?«, fragte Lale und setzte hinzu: »Immerhin wurde er in einem Brunnen gefunden, im Zwingerbrunnen …«

»Im Nymphenbad«, korrigierte Mandy. »Das ist im Zwinger.«

»Ich denke doch mehr an ein Nein. Aber genau bestätigen kann ich Ihnen das erst nach einer inneren Besichtigung des Herrn.« Der Pathologe ließ sich nun auch am Tisch nieder und deutete auf den Kuchen. »Greifen Sie zu, meine Damen!«

»Was den anderen Toten betrifft …« Lale biss in ihren Kuchen.

»Oh, Sie meinen Ihren Toten!« Kowalski kaute schmatzend. »Da besitzen Sie sicherlich weitaus mehr erste Erkenntnisse als ich …«

Lale ignorierte seine Andeutung. Sie war wohl schon abgestempelt, als »die Neue, die sich die erste Leiche selbst mitbringt«. »Der Mann ist unter Krämpfen zusammengebrochen …« Sie schluckte ein Stück weiche Eierschecke herunter. »Er hat irgendeine blutige Masse gespuckt …«

Mandy verzog angewidert das Gesicht und legte ihr halb gegessenes Stück Kuchen auf den Teller zurück.

Lale grinste schief. »Ganz seltsam war seine Haut. Sie fühlte sich unnatürlich kalt an und so feucht und klebrig. Dabei war das Wetter am Sonntag weder besonders warm noch feucht. Ein normaler Spätsommertag eben.« Sie stopfte sich den letzten Bissen in den Mund.

Kowalski sah sie an. »Sie spekulieren auf Giftmischerei.« Er rieb sich nachdenklich das Kinn. »Das ist eine diffizile Angelegenheit … Mit der angemessenen Dosierung erhält man das Problem, eine verabreichte Substanz kaum von einem natürlichen Organversagen unterscheiden zu können …« Er verschränkte seine Finger. »Es sei denn, man weiß, dass man sucht, was man zu finden im Stande ist …«

»Wir haben zwei Tote in zwei Tagen«, gab Lale zu bedenken.

»Und das nur etwa hundert Meter voneinander entfernt.« Mandy runzelte die Stirn.

Lale sah erst Mandy an, dann den Pathologen. »Wann können wir mit Ergebnissen rechnen, Dr. Kowalski?«

»Beehren Sie mich morgen um diese Stunde«, sagte Kowalski. »Ich werde mich gleich an die Besichtigungen machen, um dann die Toxikologie hinzuzuziehen. Man kann in dieser Disziplin sehr viel leisten, doch chemische Reaktionen benötigen ein Maß an Zeit.«

»Ich möchte mir diesen Nymphenbrunnen mal ansehen«, sagte Lale. »Jetzt gleich.«

»Geht klar!« Mandy klimperte mit dem Autoschlüssel.

»Und Mandy …« Lales Stimme hatte einen drohenden Unterton. »Her mit dem Schlüssel! Ich fahre.«

»Hallo! Ich bin da-ha!« Lale schloss die Wohnungstür hinter sich. »Pit!« Sie pfefferte ihren Schlüsselbund auf den dicken Eichentisch in der Diele und stutzte. Da lag ein Stapel abgenutzter Bücher, fein säuberlich nach Größe sortiert. »Dresdens Geschichte« war der oberste Titel.

»Pit?« Lale zog ihre Schuhe aus und warf sie achtlos in die Ecke. »Pit, wo steckst du denn?«

Auf Strümpfen schlitterte sie in Pits Zimmer und staunte. Es standen nur noch drei volle Umzugskisten im Raum. Die anderen lehnten ordentlich zusammengeklappt an der Wand. Verwundert sah sich Lale im Raum um. Am Fenster auf dem Schreibtisch stand der Computer. Kein Summen, kein Standby, er war ausgeschaltet. Außerdem hatte Pit das Bücherregal nicht nur aufgebaut, sondern auch eingeräumt. Der Klamottenhaufen auf dem Fußboden verriet ihr allerdings, dass sie sich nicht in der Wohnung geirrt hatte. Es lagen einige ausgefranste Jeans und verwaschene schwarze T-Shirts herum. Lale grinste und rutschte auf dem glatten Parkett zurück in die Diele. »Pi-hit?« Sie warf ihre Jacke über einen Stuhl.

Aus dem Bad vernahm sie gurgelnde Geräusche und stieß die Tür auf. Pit hockte auf dem Fußboden vor der schmatzend jammernden Waschmaschine.

»Hey, Großer!« Lale schmunzelte. »Ist der Fernseher kaputt oder interessierst du dich neuerdings mehr für Waschprogramme?«

»Hi, Mama!« Pit erhob sich.

»Wer hat die angemacht?« Lale deutete auf die seufzende und ächzende Maschine.

»Na ich!« Pit grinste und fuhr sich mit den Fingern durch seine langen blonden Haare. »Ich habe schon einen Tee gekocht. Willst du?«

»Oh, gerne … Aber im Wohnzimmer. Ich muss die Füße hochlegen.« Lale nahm etwas Anlauf, schlitterte durchs Wohnzimmer und ließ sich auf die Couch plumpsen. Dann steckte sie sich zwei große Kissen in den Rücken und streckte die Beine aus. So ließ es sich aushalten. »Und Sohn, wie war der erste Tag?«

»Gut, gut …«, murmelte Pit, der vorsichtig zwei randvolle Tassen durchs Zimmer trug.

»Na …?« Lale belauerte ihren Sohn. »Ist wirklich alles o.k.? Du wirkst so, so, so aufgeräumt …«

»Nee, alles bestens!« Pit grinste verschmitzt. »Und bei dir? Schon Neuigkeiten von deiner Leiche?«

Lale dachte an ihren nachmittäglichen Besuch bei der Witwe des Kunsthistorikers. Sie hatte aus irgendeinem Grund eine sehr junge Frau erwartet, eine frühere Studentin vielleicht. Und dann hatte ihr eine ältere Frau die Tür geöffnet. Sie war jedenfalls ganz offensichtlich bedeutend älter als der Tote.

»Nein, nicht wirklich«, sagte Lale.

»Du, Mama …« Pit schaute sie über den Rand seiner Tasse hinweg an. »Du-hu, Lala-Mama …«

Lale spitzte die Ohren. Sie kannte diesen Tonfall. »Na los, sag schon, was du willst!«

Pit fuhr sich durch die Haare. »Hast du ein bisschen Geld für mich?« Er blickte sie treuherzig an. »Ich wollte noch schnell zum Friseur.«

Lale stutzte. Ihr Sohn wollte freiwillig zum Friseur?

»Mein Portemonnaie ist vorn in meiner Jackentasche. Nimm dir einen Hunderter raus. Du kannst uns auf dem Rückweg Pizza mitbringen.«

Pit sprang auf und lief in den Flur. »Mach ich!«

»Und denk dran, deine Wäsche nachher auch selbst aufzuhängen!«, rief Lale hinter Pit her. Doch der war schon zur Tür raus. Er konnte es offenbar gar nicht erwarten, eine neue Frisur zu bekommen. Lale schüttelte lächelnd den Kopf und nahm einen Schluck Tee. Dann sah sie sich in dem kahlen Raum um und zählte die Kisten, die in der Ecke standen. Es waren immer noch zwölf – allein in diesem Zimmer. Eigentlich sollte sie die Zeit nutzen, wenn sie schon mal so früh Dienstschluss hatte … Sie seufzte.

Als sie sich gerade durchgerungen hatte, die erste der zwölf Kisten in Angriff zu nehmen, klingelte es an der Tür. Pit hatte bestimmt seinen Schlüssel vergessen.

Als sie öffnete, sah sie eine junge Frau im Treppenhaus stehen, die fröhlich »Hallöchen!« rief.

»Hallo?« Lale war irritiert.

»Ich bin die Brigitte von nebenan. Ich wollte nur mal Hallo sagen.« Sie hielt Lale eine Flasche Rotwein und eine Tüte Chips hin. »Ich dachte mir, Wein und Knabberkram sind besser als Brot und Salz. Herzlich willkommen im neuen Heim!« Sie lachte herzlich.

»Bitte kommen Sie herein.« Lale nahm der Nachbarin den Proviant ab und trat zur Seite. »Es ist alles noch etwas improvisiert hier … Wir sind erst am Wochenende angekommen …«

»Weiß ich doch«, sagte die Nachbarin.

»Gehen Sie am besten gleich durch ins Wohnzimmer. Da kann man sich wenigstens hinsetzen.«

»Danke. Ich finde mich schon zurecht. Meine Wohnung hat exakt die gleiche Raumaufteilung.« Die Nachbarin schaute sich neugierig um. »Oje, Sie haben ja noch ganz schön was vor sich …«

Lale stand unschlüssig mit der Flasche im Raum.

Die Nachbarin sah sie an. »Wie dumm von mir! Ich hole gleich mal den Korkenzieher.«

»Nein, nein«, wehrte Lale ab. »Den habe ich griffbereit!« Sie grinste, verschwand kurz in der Küche und kehrte mit dem Korkenzieher und zwei Tassen zurück. »Die Gläser sind zwar noch verpackt, aber den Korkenzieher habe ich gleich in der Handtasche mitgenommen, damit ich gar nicht erst suchen muss.«

»Na, dann lag ich ja mit dem Rotwein genau richtig«, freute sich die junge Frau.

»Wie war noch mal Ihr Name?« Lale entkorkte die Flasche.

»Brigitte.«

Lale füllte zunächst Brigittes und dann ihre eigene Tasse. »Prost, Brigitte, ich heiße Lale!« Lale grinste die sympathische Nachbarin an. »Wollen wir uns nicht setzen?«

»Gerne.«

Lale musterte Brigitte, die sich jetzt wieder im Zimmer umsah.

»Sind Sie arbeitslos?«, fragte Lale.

»Nein, warum?« Brigitte sah sie erstaunt an.

»Weil Sie so frisch und erholt wirken!«, meinte Lale bewundernd.

»Nun ja«, Brigitte lachte. »Ich arbeite eben nicht bei der Kripo. Und Ihnen fallen ja auch noch die Leichen direkt in die Arme.«

»Wie bitte?!« Lale starrte Brigitte an. »Wo arbeiten Sie denn?«, fragte sie argwöhnisch.

»Bei der Sächsischen Zeitung«, erwiderte Brigitte grinsend. »Aber es ist nicht so, wie Sie jetzt denken!« Sie trank einen Schluck Wein. »Mandy ...«

Daher wehte also der Wind. Lale nahm einen kräftigen Schluck aus der Tasse.

»Mandy ist die Ex-Freundin meines kleinen Bruders«, erklärte Brigitte, noch immer grinsend. »Er hat sich zwar von ihr getrennt, aber Mandy und ich, wir hatten immer einen guten Draht zueinander, so von Frau zu Frau.«

»Ich ahne, warum Ihr Bruder sich von ihr getrennt hat.« Lale genoss Brigittes fragendes Gesicht. »Er wollte einfach überleben ... Sind Sie jemals mit Mandy Auto gefahren?«

Brigitte lächelte. »Mein Bruder fährt Autorennen.«

»Ach so ist das.« Lale grinste. »Schade um die beiden. Sie waren ja offenbar ein Traumpaar.« Lale nahm den letzten Schluck Wein aus der Tasse. »Wenn Sie mir jetzt noch verraten, was genau Sie bei der Zeitung machen, biete ich Ihnen das Du an ...«

»Ein anderes Mal«, schlug Brigitte freundlich vor. »Ich muss jetzt wieder rüber, sonst zerlegt Pit mir die Wohnung. Außerdem muss er mal raus.« Sie stand auf. »Nicht böse sein, ja?«

Lale winkte ab. Sie fühlte sich leicht benebelt, als sie aufstand. Natürlich. Sie hatte ja seit Kowalskis Eierschecke nichts mehr gegessen.

»Soso, Sie haben also auch einen Pit«, stellte Lale amüsiert fest. »Ich auch. Meiner ist allerdings 16, sitzt gerade beim Friseur und wenn er mal raus muss, darf er, aber unter der Woche nur bis Zehn.«

Irgendetwas zog an ihrem Arm. Dann spürte Lale kalte Finger in ihrem Gesicht. Abrupt setzte sie sich auf. Jemand hielt sie an den Schultern und versuchte sie zu schütteln. Sie riss die Augen auf. Es war dunkel um sie herum. Langsam gewahrte sie eine fremde Gestalt vor sich.

»Wer sind Sie? Was wollen Sie von mir? Lassen Sie mich los!«, schrie sie erbost und machte sich mit einem Ruck aus dem Griff frei.

»Mama! Hallo!«

Sie erkannte Pits etwas krächzende Stimme. Aber wo war er?

»Pit halt durch! Ich komme!«, rief sie und sprang auf. Ha! Ihr Angreifer war zu Boden gegangen.

»Mama! Beruhige dich! Ich bin es!«, krächzte es vor ihr auf dem Fußboden. »Hier ist ein dringender Anruf für dich. Ein Kersten, Karsten oder so.«

Sie sah das Display des Handys auf dem kleinen Tisch neben der Couch leuchten.

»Pit Balthasar Petersen! Bist du eigentlich bescheuert, mich so zu erschrecken!« Lale schnappte nach Luft. »Mach mal bitte Licht an!«

Lale griff zum Telefon. »Petersen.«

»Gerste. Hallo. Es ist ein Uhr und 15 Minuten. Sie sind in Dresden und haben einen Einsatz.« Gerstes Stimme klang etwas verzerrt. Aber das lag nur an der schlechten Funkverbindung. Sein Redefluss war sachlich und ruhig. »Frau Schneider ist auf dem Weg zu Ihnen. Wir treffen uns am Neumarkt, in 15 Minuten.«

»In Ordnung«, sagte Lale.

Lales Kopf schmerzte. Sie blinzelte ins Licht und musterte Pit. »Wie siehst du denn aus?«

»Könntest du vielleicht mal aufhören, mich anzumaulen«, verlangte Pit. »Immerhin ist es deine Trachtentruppe, die mich hier nachts aus dem Bett klingelt!« Er schnaubte verächtlich. »Geh doch demnächst einfach mal selbst ans Telefon!« Wütend stapfte er zurück in sein Zimmer.

»Wo er recht hat, hat er recht«, murmelte Lale leise und beschloss, sich bei nächster Gelegenheit bei Pit zu entschuldigen. Jetzt brauchte sie erstmal ganz schnell eine Kopfschmerztablette und zumindest eine Zahnbürste.

Wenige Minuten später saß sie neben Mandy im Dienstwagen. Die spärlichen Lichter der Stadt flogen an ihr vorbei. Nur jede zweite Straßenlaterne spendete fahles Licht. Mandy drückte wieder mächtig auf die Tube. Es war allerdings kaum jemand auf den nächtlichen Straßen unterwegs. Und Lale war viel zu müde, um sich zu ängstigen. Sie wartete darauf, dass ihre Kopfschmerztablette Wirkung zeigte.

Um Punkt halb Zwei hielten sie mit quietschenden Reifen ein ganzes Stück hinter der Polizeidirektion. Lale stieg aus und sah sich kurz um. Vor ihr die riesige Frauenkirche. Sehr beeindruckend. Etwas weiter rechts standen zwei Einsatzwagen vor einem imposanten barocken Gebäude. Doch jetzt war nicht der richtige Zeitpunkt für Kulturgeschichte und Sightseeing.

Mandy warf die Wagentür zu. »Sieht aus, als ob im Coselpalais etwas los wäre …«, sagte sie. »Da drüben steht Kroko. Kommen Sie?«

Mit energischen Schritten setzte Mandy sich in Bewegung, doch Lale hatte sie schnell eingeholt.

Lale grüßte nur mit einem knappen Kopfnicken. »Wo ist die Leiche?«

Krokowszic starrte sie von unten nach oben an. »Woher wissen Sie …? Das ist ja ein Ding!«

Lale verdrehte genervt die Augen. »Immer helle, immer schnelle, gelle!« Als sie Krokowszics ratlosen Gesichtsausdruck sah, musste sie jedoch grinsen. »Herr Kollege, wir arbeiten bei der Mordkommission. Der Name ist also Programm.«

Sie ließ ihn stehen und machte sich auf den Weg in das Gebäude. Mandy eilte hinter ihr her und musste immer fast drei Schritte machen, wenn Lale einen tat.

»Mandy, ganz kurz bitte. Was ist das für ein Gebäude? Was ist da drin?«, fragte Lale.

Mandy klang gehetzt. »Stammt wahrscheinlich aus dem 18. Jahrhundert; ich glaube, hier lebte ein Sohn oder so … von August dem Starken und der Gräfin Cosel …«

»Mandy, der dürfte doch schon etwas länger tot sein!« Lale war ungeduldig. »Zur Gegenwart bitte!«

»Also jetzt gibt es hier Gastronomie. Und in den oberen Etagen sind, glaube ich, Büros.« Mandy schnaufte leise.

Lale betrat eine Art Empfangshalle, in der ein Restaurant untergebracht war. Wirkte ziemlich schick. Gäste waren jedoch keine mehr da. Dafür standen allerhand Leute herum, die Lale auf Grund ihrer einheitlichen Kleidung als Personal identifizierte. Es wurde angeregt diskutiert. Lale trat auf die nächstbeste kleine Personengruppe zu.

»Petersen, Kripo Dresden.« Sie schaute mit prüfendem Blick in die Runde. Die Leute schienen ihr zu jung für Verantwortlichkeiten. »Wo finde ich den Geschäftsführer oder sonst einen Chef? Und wo finde ich die Leiche? Falls es sich dabei nicht um ein und dieselbe Person handelt!«

»Nee, leider nisch! Was nu aber ooch schade is!« Einer der jungen Kellner grinste frech.

»Sie da, kommen Sie mal!« Lale winkte ihn zu sich. »Bringen Sie mich bitte zur Leiche.«

»Nu, mit Vergnischen!« Der junge Kellner führte Lale quer durch den Saal, dann ging es durch die zweite Tür links. »Porzellanzimmer« las Lale auf einem kleinen Messingschild.

Von weitem sah sie Gerstes Bürstenhaarschnitt. Er unterhielt sich mit zwei Mitarbeitern des Restaurants, während Leute von der Spurensicherung die hintere linke Ecke des Raumes untersuchten, in der ein lebloser Körper zwischen den Stühlen lag. Etwa in der Mitte des großen Zimmers verweigerte bereits das Lassoband Unbefugten den Zutritt. Erst jetzt kam auch Mandy am Tatort an.

»Also, der Tote ist einer von den ganz nervigen Stammgästen«, plapperte Mandy drauflos. »Einer von den Immobilien-Wessis. Die sitzen auch hier im Gebäude. Unbeliebt isser. Die haben alle gesagt ...«

Gerste winkte ihnen zu. Lale ließ Mandy plappern, schlüpfte unter dem Lassoband hindurch und ging zu Gerste.

»Moin. Ein Stammgast, wie ich höre.« Sie blickte die beiden Mitarbeiter an. »Wer hat ihn bedient?«

»Ich«, meldete sich der Kellner zu Wort.

»Und plötzlich ist der Mann tot zusammengebrochen?« Lale sah ihn forschend an.

»Ja, so in etwa«, sagte der ältere Mitarbeiter im dunklen Anzug.

»So in etwa ...? Das reicht uns nicht!«, sagte Lale streng. »Kommen Sie mal mit!« Sie schob den Kellner zur Seite. »Wir beide unterhalten uns da drüben.«

»Sie bleiben bei mir«, sagte Gerste zu dem Mann im dunklen Anzug, der Lale folgen wollte.

Aus den Augenwinkeln sah Lale, dass Mandy noch immer vor der Absperrung stand und mit dem vorwitzigen jungen Kellner sprach, der sie hergeführt hatte. Dann wandte sie sich ihrem Gesprächspartner zu.

»Wie war denn nun der Ablauf?«, eröffnete sie die Befragung. »Wann ist der Gast gekommen? War er in Begleitung oder allein?«

Der Kellner hatte offenbar Probleme, ihrem prüfenden Blick standzuhalten. Sie beobachtete ihn aufmerksam.

»Also, er kam so gegen 22 Uhr, glaube ich. Vielleicht ein bisschen früher«, sagte er zögernd. »Den Tisch hat er wahrscheinlich reserviert. Da müssen Sie meinen Chef fragen.«

»Das ist der da drüben?« Lale deutete auf den Mann im dunklen Anzug, der ihnen nervöse Blicke zuwarf. »Der, der nicht will, dass Sie mit mir alleine reden.«

»Genau, das heißt, nein ...« Der Kellner sah auf seine Schuhspitzen. »Also, ähm, ja.«

»Wo hat er genau gesessen?« Lale sah ihn durchdringend an.

»Auf dem Stuhl hinten links. Und die Dame, die saß ihm gegenüber ...«

»Aha, er war also in weiblicher Begleitung?« Lale holte tief Luft. »Kannten Sie die Frau?«

»Nein. Die hätte ich mir gemerkt. Die sah irgendwie gut aus. Elegant, sexy«, sagte der Kellner.

»Wo ist die Frau denn jetzt?« Lale spürte Ungeduld in sich aufsteigen.

Der Kellner zuckte die Achseln. »Die war irgendwann weg.«

»Sie haben die beiden doch bedient, oder?«, fragte Lale.

»Mmh«, murmelte der Kellner.

»Also: Wann haben Sie den beiden zuletzt etwas serviert? Erinnern Sie sich!«, verlangte Lale.

»So gegen Zwölf habe ich die Käseplatte serviert und eine weitere Flasche Wein ...« Der Kellner schien laut zu überlegen. »Danach habe ich sie nicht mehr gesehen ... Also, die Frau, die habe ich dann nicht mehr gesehen. Doch, ich glaube, so war es.«

»Und das hat Sie nicht gewundert? Ich meine, wenn ein Gast einfach so verschwindet?«, bohrte Lale weiter.

»Na, eigentlich, nein«, sagte der Kellner. »Sie war halt zur Toilette gegangen oder so ...«

»Und wann hat der Gast bezahlt?«, forschte Lale.

»Gar nicht«, sagte der Kellner. »Deshalb bin ich dann zu ihm hingegangen. Wir schließen um Eins.«

»Und da haben Sie dann bemerkt, dass er tot unter dem Tisch liegt?«, fragte Lale.

»Nein, der saß ja da und guckte auf seinen Teller!« Der Kellner wirkte jetzt aufgeregt. »Und als er nicht reagierte, habe ich ihn mehrfach angesprochen. Und dann habe ich ihn vorsichtig an der Schulter … und dann – bumm – fiel er einfach um!«

»Der Gast saß also schon eine Stunde lang vor Wein und Käseplatte, seine Begleitung war bereits weg, und er hat auch nicht nach der Rechnung verlangt«, resümierte Lale. »Und das kam Ihnen nicht komisch vor?«

»Doch …« Der Kellner knetete nervös seine Finger. »Vor allem, weil der sonst immer irgendwelche Sonderwünsche hatte und uns allen ziemlich auf den Geist ging.« Er schnaufte. »Ich bin dann zum Chef hin und habe gesagt, dass der Werner, Dr. Werner, also, dass der ein bisschen komisch wirkt.« Er atmete schwer. »Und dann ist der Chef kurz hin, kam wieder und meinte, ich sollte ihn erstmal in Ruhe lassen. Ich sollte mich erst kümmern, wenn keine Gäste mehr da sind.«

»Hatten Sie da schon eine Ahnung, dass dieser Gast …« Lale brach ab und fixierte den Kellner, der heftig den Kopf schüttelte.

Lale winkte Mandy zu sich. »Nehmen Sie mal die Personalien und Angaben des jungen Mannes hier auf!«, verlangte sie. »Und notieren Sie sich genau, was der Tote und seine Begleiterin bestellt und verzehrt haben. Danach überprüfen Sie die Toilettenräume auf Spuren.«

»Damen- oder Herren-Klo?«, fragte Mandy.

»Natürlich beide!« Lale schüttelte den Kopf.

Während sie zum Tisch des Toten ging, streifte sie sich einen Handschuh über die linke Hand.

Auf dem Tisch standen ein großer Käseteller, halb leer, zwei kleine Teller, einer davon erkennbar unberührt, auf dem anderen lagen Besteck und zwei kleine Käseecken. Sie griff nach der Flasche im Sektkühler: Sächsischer Spätburgunder, rot. Die Flasche war noch halb voll.

Die zwei Mitarbeiter der Spurensicherung sahen sie fragend

an und Lale erklärte: »Petersen, Mordkommission. Nehmen Sie das hier alles mit fürs KTI.«

»Geht klar!«, sagte einer der beiden. »Wir packen sofort ein.«

Lale beobachtete die beiden einen Moment lang, ging dabei langsam um den Tisch und beugte sich über den Toten. Mit der nackten Hand befühlte sie kurz die Haut des Toten; sie war kalt und seltsam feucht und klebrig, wie bei dem Stadtführer vor zwei Tagen.

»Hallo?« Lale öffnete vorsichtig die Tür, an die sie soeben geklopft hatte. Sie sah Kowalski mit dem Rücken zur Tür an seinem Seziertisch stehen. Er hatte sie nicht gehört. Sie klopfte erneut, diesmal an den Türrahmen. Nichts.

Lale ging ein paar Schritte in den Raum hinein und stellte erstaunt fest, dass es hier weder nach Fäulnis noch sonst irgendwie unangenehm roch. Überhaupt wirkte der Seziersaal trotz des alten Gebäudes hell und modern. Offenbar war hier alles jüngst renoviert worden und technisch wie ästhetisch auf dem neuesten Stand.

Kowalski bemerkte sie noch immer nicht. Jetzt sah sie, dass Kabel aus seinen Ohrmuscheln hingen. Er hörte offenbar Musik. Vorsichtig ging sie um den Tisch herum, um ihn nicht zu erschrecken.

Auf dem Tisch lag ihr Stadtführer vom Sonntag. Kowalski war damit beschäftigt, das große Y auf der Brust des Toten zu schließen. Der Pathologe arbeitete mit schnellen und sicheren Bewegungen. Lale bemerkte, dass er erstaunlich lange und schmale Finger hatte, die gar nicht zum Rest seines äußeren Erscheinungsbildes passen wollten. Er trug keine Handschuhe.

Lale trat näher an den Tisch heran und Kowalski sah überrascht zu ihr auf. Er zog sich die Stöpsel aus den Ohren.

»Guten Tag, große Kommissarin ...« Er runzelte die Stirn.

»Petersen«, half Lale nach. »Guten Morgen, Dr. Kowalski. Tragen Sie gar keine Handschuhe bei der Arbeit?« Sie deutete auf die Brust des Toten.

»Aber natürlich.« Der Pathologe hielt ein paar Einweghandschuhe hoch, die neben der Leiche gelegen hatten. »Doch wir beide haben schon die Kosmetik erreicht. Da gebrauche ich mein gesamtes Fingerspitzengefühl für meinen toten Freund hier.« Er machte wenige letzte Stiche, als würde er den Faden vernähen.

»Sie kannten den Mann?« Lale machte große Augen. »Woher?«

»Aber nein, das ist doch nur so ein Zitat … eine Redensart.« Kowalski lachte über sein ganzes breites Gesicht und ging zum Waschbecken, um sich die Hände zu waschen. Lale folgte ihm.

»Haben Sie ein bisschen Zeit für mich?«, fragte sie. »Ich habe uns auch Ihren Lieblingskuchen mitgebracht …«

»Aber ja, aber ja. Ich hatte Sie zwar erst später erwartet. Aber das macht nichts. Ich habe ein paar interessante Neuigkeiten für Ihre Ermittlungsstrategie …« Er trocknete sich die Hände ab. »Kommen Sie! Wir können in der Küche Konversation üben. Mögen Sie türkischen Kaffee?«

»So lange viel Koffein drin ist.« Lale wickelte den Kuchen aus dem Papier.

Kowalski befüllte den Wasserkocher. »Haben Sie unseren kleinen Engel, unsere Mandy, heute gar nicht mit sich gebracht?« Er löffelte Kaffeepulver in zwei Tassen.

»Der kleine Engel fährt leider wie der Teufel«, erklärte Lale. »Ich wollte nicht die nächste Aufgabe auf Ihrem Tisch sein.«

Der Pathologe lachte, goss kochendes Wasser in die Kaffeetassen und rührte mit einem Löffel um. »Hier, Sie müssen ihn einige Minuten lang warten lassen, damit das Pulver sich am Boden verklumpt.« Er setzte sich und biss genussvoll in ein Stück Eierschecke.

»Wir haben übrigens schon wieder einen neuen gemeinsamen Kunden …«, sagte Lale. »Ist ein gewisser Dr. Werner hier schon angekommen?«

»Oh, das ist der bedauernswerte Mensch, der mitten in der Nacht alleine im Restaurant saß, und dann auch noch tot.« Kowalski nickte. »Ich warte nur noch auf die Genehmigung von der Staatsanwaltschaft.«

Lale schluckte den ersten Bissen herunter. »Ich denke an Serienmord«, platzte sie heraus. »Hier geht ein Mörder ganz gezielt nach Plan vor.«

Der Pathologe kaute. Dann wiegte er langsam den kahlen Kopf hin und her. »Das ist Theorie … nicht wahr?«

»Sie haben kein Gift gefunden?« Lale wippte nervös mit den Füßen.

»Unser dicker italienischer Sänger … Er starb am Nachmittag, so gegen 16 Uhr. Er hatte etwas Wasser in der Lunge. Aber an dem kleinen bisschen Nymphenpipi ist dieser Mann nicht ertrunken. Nicht bei seinem herausragenden Lungenvolumen. Er muss gestorben sein, während er ins Wasser fiel.« Kowalski leckte sich genussvoll die Fingerspitzen ab. »Sein AZ war erstaunlich gut. Ich hatte eine Fettleber oder ähnliche Gebrechen erahnt. Allerdings …«

»AZ? Allgemeinzustand?«, fragte Lale.

Der Pathologe nickte. »Sein Magen. Es gab ein wenig Verätzungen in der Speiseröhre. So ließ ich neben Blut und Urin auch seinen Mageninhalt analysieren.« Er nahm einen Schluck Kaffee. »Nun zu Ihrem Toten … Sie sagten, er sei in seinen Krampfanfällen aus dem Leben geschieden …«

»Ja, es war auch am Nachmittag. Etwas früher, so um halb Drei«, sagte Lale.

»Der Mann war grundsätzlich erstaunlich kerngesund für sein Alter. Er hatte offenbar dennoch innere Blutungen, die Schleimhäute waren angegriffen und der Magen stark verätzt, wie zerfressen.« Kowalski überlegte. »Er muss starke Schmerzen gehabt haben. Wissen Sie, ob ihm zuvor unwohl war?«

Lale schüttelte den Kopf. »Er hat nichts gesagt. Aber es war eben eine Stadtführung für Touristen.« Sie grinste. »Da tauscht man ja nicht zuerst seine Wehwehchen aus.«

»Auch seinen Mageninhalt habe ich zur Untersuchung übergeben.« Der Pathologe griff nach dem zweiten Stück Eierschecke. »Sie wissen, dass man über einen Massenspektograph selbst kleinste Mengen an Gift genau bestimmen kann… Betäubungen aller Art: Botox, Zyankali, Strychnin, reines Nicotin, reinen Alkohol, so genannte psychogene Toxine. Ob sie töten, ist immer eine Frage der Dosis …«

»Und? Haben Sie davon etwas gefunden?«, rief Lale ungeduldig.

Der Pathologe schüttelte den Kopf. »Wissen Sie, wir hätten das auch finden können, aber es hätte auch verborgen bleiben können.« Er biss in den Kuchen und sprach kauend weiter. »Hier haben wir es mit einem ganz alten Phänomen zu tun, das man in unserer Zeit noch Jahre nach dem Tod nachweisen könnte, wenn man denn wollte.« Er schluckte und fuhr fort.

»Ich spreche über das so genannte Arsen, das heißt eine arsenikhaltige Mixtur.«

Lale schüttelte den Kopf. »Arsen? Wie bei Agatha Christie?«

»Oder Flaubert …« Der Pathologe lächelte. »Arsen spielte schon oft eine wichtige Rolle, nicht nur in literarischen Zusammenhängen. Ich habe mich erkundigt.« Er schloss einen Moment lang konzentriert die Augen. »Pestizide, Herbizide und Fungizide mit Arsenikgehalt wurden in den letzten Jahrzehnten fast überall untersagt. Aber in Medikamenten kam und kommt es noch immer vor. Und erst vor fünf Jahren wurde in den USA ein neues Leukämie-Medikament mit Arsenik-Anteilen zugelassen.«

»Was heißt das?«, begehrte Lale zu wissen.

»Dass alles eine Frage der Dosis ist, in diesem Falle eine Frage der letalen Dosis!« Kowalski klang fast triumphierend.

»Gut, aber wer hat ihnen wie diese letale Dosis verabreicht?« Lale war skeptisch. »Mitten im Zwinger oder auf der Brücke …?«

»Sie dürfen nicht von dem geländegängigen Vorurteil ausgehen, dass man ein Löffelchen Arsen speist und tot umfällt.« Der Pathologe schmatzte. »Der Tod kann in Folge einer Überdosis nach Tagen eintreten, oder eben auch nach einigen Stunden. Das ist von vielen Faktoren abhängig. Und es wirkt auch bei jedem Opfer etwas anders. Das sehen Sie bei unserem dicken Italiener, der weniger innere Schädigung davontrug als Ihre Leiche.« Er nickte bekümmert. »Nun gut, geholfen hat es keinem der bedauernswerten, da toten Männer.«

»Also, wenn ich Sie recht verstehe …« Lale stützte das Kinn in ihre linke Handfläche. »Wenn ich Sie recht verstehe, heißt das, dass wir es hier tatsächlich mit einer Mordserie zu tun haben. Und es heißt auch, dass der Mörder will, dass wir das wissen.«

Kowalski nickte langsam mit dem Kopf. »Das wäre im Gebiet des Wahrscheinlichen.«

»Die Toten fallen uns geradezu in die Arme. Auch das ist beabsichtigt.« Lale legte die Stirn in Falten. »Was will der Mörder? Was bezweckt er?«

»Finden Sie es bald heraus, Frau Kommissarin!« Kowalski lächelte erneut großväterlich. »Ich habe den dritten Toten in einer kurzen Spanne von drei Tagen auf dem Tisch.«

Es war bereits 11.30 Uhr als Lale in der Polizeidirektion ankam. Gerste erwartete sie in ihrem Büro. Er saß regungslos an ihrem Schreibtisch.

»Moin.« Lale zog ihre Jacke aus und krabbelte durch das grüne Dickicht zur Kaffeemaschine. »Mord, das ist jetzt ziemlich sicher. Unsere Leichen sind …«

»Frau Petersen!« Gerste zeigte auch jetzt keine Mimik, sein Tonfall jedoch wirkte drohend. »Was denken Sie eigentlich, wen Sie hier vor sich haben?« Er holte tief Luft. »Wir haben drei Tote innerhalb von drei Tagen. Wir haben keinen wirklichen Hinweis auf den oder die Täter. Wir müssen zwangsläufig befürchten, dass noch weitere Morde stattfinden werden.« Er machte eine bedeutungsvolle Pause.

Lale hatte bis jetzt mitten im Zimmer gestanden und ihn angesehen. Jetzt stellte sie die Kaffeetasse zur Seite, machte einen kleinen Schritt, um breitbeinig und sicherer zu stehen und richtete sich zu vollen 1,85 auf.

»Und Sie, Petersen, erscheinen nicht im Büro. Sie erscheinen nicht einmal später zur ersten Besprechung.« Gerstes Gesicht war immer noch ausdruckslos, doch seine Stimme wurde noch lauter. »Wir haben Krieg in Serie, wir haben Krisensitzung – und Sie unmögliche Person sitzen bei Kaffee und Kuchen in der Uniklinik!« Er holte Luft. »Petersen! Wo sind Ihr Dienstausweis und Ihre Dienstwaffe?«

Lale räusperte sich. »Die habe ich noch nicht abgeholt.«

Gerste stand auf. »Na, immerhin ehrlich. Setzen Sie sich, schauen Sie in Ihrem Schreibtisch nach und freuen Sie sich, dass Sie eine Assistentin wie Frau Schneider haben.« An der Tür hielt er noch einmal inne. Ein hauchzarter Anflug von Lächeln glitt über sein Gesicht. »Wir haben die Besprechung übrigens auf 12 Uhr verschoben, damit Sie Ihre neuen Erkenntnisse vortragen können.« Er ging hinaus und schloss leise die Tür.

›Schwein gehabt‹, dachte Lale und setzte sich an ihren Schreibtisch. Sie zog die untere Schublade auf. Darin fand sie eine große Blechdose mit Engelmotiv. Daneben lagen ein sauber eingeschweißter Dienstausweis und eine neue FX samt Farbmarkierungsmunition P7M8. Mandy war wohl doch ein Engel …

Als Lale von der Toilette kam, saß Krokowszic bereits bei Gerste im Büro, auf dem einzigen Besucherstuhl. Direkt hinter Lale kam Mandy hereingestolpert und murmelte »Puh, gerade noch geschafft«. Der Einzige, der noch fehlte, war Gerste selbst.

»Der Chef wird bestimmt gleich kommen, jeden Moment müsste der da sein.« Krokowszic fühlte sich wohl genötigt, den Chef zu entschuldigen.

Lale lehnte sich mit dem Hintern ans Fensterbrett neben Gerstes Schreibtisch und wippte mit den Füßen, als der Chef endlich den Raum betrat. Er wirkte bedächtig wie immer.

»Frau Petersen, bitte«, eröffnete er die Runde.

»Also, die Obduktionen der ersten beiden Opfer haben ergeben, dass der Tod in beiden Fällen mit größter Wahrscheinlichkeit durch Gift eingetreten ist.« Lale vergewisserte sich der Aufmerksamkeit der Anderen. »Interessant daran ist vor allem, dass sie durch ein Arsen-Gemisch vergiftet wurden, was leicht nachweisbar ist. Es ist also davon auszugehen – und Dr. Kowalski bestätigt mich in meinem Verdacht –, dass es sich um eine Serie von Morden handelt. Letzteres wird durch den jüngsten Todesfall erhärtet. Die Obduktionsergebnisse liegen heute, spätestens morgen vor.«

»Ihr Fazit?« Gerste sah sie gleichmütig an.

»Nun, dass ein Serientäter am Werk ist«, sagte Lale. »Und dass er will, dass wir das möglichst schnell kapieren.«

»Bleibt die Frage weiterer Zusammenhänge zwischen den Toten«, stellte Gerste fest. »Irgendwelche Erkenntnisse aus dem Umfeld der Toten, Kroko?«

Krokowszic setzte sich aufrecht hin. »Nun, der Opernsänger hat Familie, also Frau und Kinder, die allerdings in Florenz leben. Der Kunsthistoriker ist zum dritten Mal verheiratet; bei der Witwe waren Frau Petersen und Mandy gestern. Der Immobilienmensch hat auch Familie, allerdings in Köln, daher pendelte er regelmäßig zwischen Dresden und Köln. Außerdem sind alle um die 50.« Er überlegte kurz. »Ach ja, und alle sind Männer.«

»Irgendwelche weiteren Gemeinsamkeiten?«, fragte Gerste. »Kannten die Opfer sich vielleicht? Clubmitgliedschaften, Kollegen, andere Bekanntschaften?«

»Bisher negativ, Chef«, erklärte Krokowszic.

»Bleiben Sie dran, Kroko!« Er wandte sich an Mandy. »Frau Schneider, gibt es Neues über den Fall Dr. Werner?«

»Nun, Dr. Werners Firma sitzt direkt im Coselpalais, weshalb er wohl Stammgast in dem Restaurant war, in dem er gestern starb.« Mandy zog einen Zettel aus ihrer großen bunten Tasche hervor. »Er kam gestern Abend gegen 22 Uhr dort an, hatte einen Tisch bestellt. Kurz danach gesellte sich eine unbekannte weibliche Person – angeblich sehr attraktiv – zu ihm, mit der er offenbar verabredet gewesen sein musste.« Sie räusperte sich. »Beide bestellten Hochzeitssuppe als Vorspeise. Zum Hauptgang wurde Dr. Werner ein Sächsischer Sauerbraten serviert. Seine Begleitung wählte eine Hausspezialität: Fasanenbrust im Speckmantel mit Mais, Zuckerschoten, Morchelrahmsauce, Gnocchi mit Käsefüllung und Pfifferlingen. Dazu tranken sie eine Flasche roten Spätburgunder in gehobener Preisklasse sowie eine Flasche Mineralwasser. Später bestellte Dr. Werner eine weitere Flasche des gleichen Weins. Den Abschluss bildete eine Käseplatte, die etwa gegen 24 Uhr serviert wurde. Kurz darauf verschwand die Begleitung von Dr. Werner, und eine Stunde später konnte man nur noch seinen Tod feststellen.« Mandy schien kurz zu zögern. »Ach ja, die Untersuchung der Toilettenräume ergab keine neuen Spuren. Die Frau muss das Lokal auf übliche Weise verlassen haben. Es sind auch keine Fingerabdrücke gefunden worden. Und noch was: Dr. Werner war Diabetiker. Die Spurensicherung stellte einen Insulinspritzstift bei ihm sicher.«

»Danke.« Gerste machte sich mit unbewegter Miene einige Notizen. Dann richtete er das Wort an die Anwesenden. »Im Augenblick bleibt uns nicht viel mehr als der Versuch, die Tatorte in eine sinnvolle Verbindung zu bringen.«

»Die Frage ist, ob die Tatorte tatsächlich die Tatorte waren!«, warf Lale ein. »Zumindest bei unseren ersten beiden Opfern ist es offensichtlich, dass sie zuvor eine Überdosis von dem Gift bekommen haben. Und sollte auch Dr. Werner an einem Arsen-Gemisch gestorben sein, ist es doch sehr fraglich, ob man ihm in einem solchen Restaurant einfach Gift ins Essen oder in den Wein mischen konnte.«

»Der Einwand ist berechtigt«, konstatierte Gerste. »Zumindest konnte im Käse und im Wein kein Gift nachgewiesen werden.«

Er machte eine kurze Pause. »Sie meinen also, die Todesorte kamen rein zufällig zu Stande?«

»Das wäre zumindest möglich«, sagte Lale.

»Das halte ich für zu viel Zufall«, entgegnete Mandy. »Dass alle drei Toten ausgerechnet im Zwinger, auf der Augustusbrücke und im Coselpalais zusammenbrechen … Da muss etwas dahinter stecken!«

»Auch dieser Einwand scheint mir berechtigt.« Gerste schien zu überlegen.

Krokowszic stand auf und begann auf und ab zu gehen. »Wenn wir wirklich von einem Serientäter ausgehen müssen, der will, dass wir das bemerken, dann müssten doch gerade diese Orte eine Rolle spielen.«

»Sicher«, rief Mandy. »Und kein Serientäter macht nach drei Morden Schluss!«

Gerstes Telefon klingelte, er nahm ab. »Ja … Ja … – Gerade eben? – Ja, wir kommen.« Er legte den Hörer auf und sah in die Runde. »Alle mitkommen! Wir haben den nächsten Toten.«

›Wie eine riesige Hochzeitstorte‹, dachte Lale, als sie vor dem Taschenbergpalais stand. Schnell folgte sie Gerste durch den Haupteingang in den Zuckerbäckerbau. In der Lobby hatten sich schon Schaulustige versammelt. Auch ihre elegante Garderobe konnte die Sensationsgier in den Gesichtern nicht verbergen.

Erwartungsvoll beobachtete man den Aufmarsch der vier Kripobeamten. Allen voran Gerste in bedächtig fließender Bewegung und mit unbewegtem Gesicht, gefolgt vom kleinen Krokowszic, der sich mit leicht hüpfendem Gang sichtlich gefiel, so im Mittelpunkt des Interesses. Lale selbst stakste lang und ungelenk über den glatten Marmorboden, auf dem Mandys hastig trippelnde Schritte hinter ihr hallten. Uniformierte Beamte bildeten eine Art Spalier, das sie quasi wie von selbst in einen separaten Salon eines der Restaurants führte.

Dort trafen sie auf eine kleine Gruppe Herren in dunklen Anzügen und mit ernsten Gesichtern. Sie waren kaum voneinander zu unterscheiden mit ihren Brillen und den etwas mehr oder weniger ergrauten und akkurat geschnittenen Haaren. Am Revers trug jeder von ihnen ein Abzeichen, das aussah wie ein winziges Zahnrad. Selbst die Gesichtsausdrücke unterschieden sich kaum.

Lales Blick wanderte zu dem Toten, der seltsam verkrümmt auf dem Boden lag. Auch er trug ein Zahnrädchen am Jackett. Sein Gesicht war zum Boden gedreht und der Kopf hatte eine seltsame Ellipsenform. Lale ging in die Hocke und befühlte Hals und Kopf des Toten. Seine Haut war feucht-kalt, etwas klebrig, wie erwartet. Aber diese Kopfform …

»Ist das Ihre erste Leiche? Lassen Sie das! Oder ziehen Sie wenigstens Handschuhe an!«, fuhr sie ein Spurensicherer an.

Lale zuckte zusammen und richtete sich ruckartig auf. Dann starrte sie auf ihre Hand. Was war das für ein pelziges Etwas? Sie konnte sich gerade noch einen entsetzten Schrei verkneifen. Nun bemerkte sie, dass der Tote seltsam nackt wirkte. Er hatte keinen unförmigen Kopf. Er hatte sein Toupet eingebüßt.

Peinlich berührt wichen die Blicke der Zahnradträger dem Toten aus, während Lale gegen ihr zuckendes Zwerchfell und mit einem Glucksen in der Kehle kämpfte. Sie hätte sich plötzlich ausschütten können vor Lachen … Dieses Zuckerbäckergebäude, der alberne Aufmarsch der Abteilung, die ganzen Zahnräder und nun auch noch der Mottenpfiffi der Leiche … Sie hielt sich eine Hand vor den Mund, drehte sich um und sah geradewegs in die weit aufgerissenen Augen von Mandy. Auch sie hielt sich die Hand vor den Mund und ihre Schultern zuckten verräterisch.

Lale versuchte tief einzuatmen, aber es half nichts. Sie wurde von inneren Lachattacken gebeutelt, die sie nicht mehr lange unterdrücken konnte.

Schnell drückte sie einem der Uniformierten das Toupet in die Hand. Der sah sie entsetzt an, starrte dann auf das Haarteil und warf es seinem verdutzten Kollegen zu. Mandy stieß einen nur mühsam gedämpften Gluckser aus.

Lale schnappte nach Luft. Das war zuviel! Sie musste hier raus, wenn sie nicht ersticken wollte. Sie schnappte sich Mandys Unterarm und zog sie mit sich. Verhalten glucksend, mit Tränen in den Augen und japsend stolperten Lale und Mandy durch den Pulk von Gaffern. Neugierige Blicke folgten ihnen und Lale sah plötzlich überall verrutschte Toupets … Sie hätte sich brüllend auf den Boden schmeißen können! Im

Eilschritt sausten sie durch die Lobby. Mandy rutschte auf dem Marmorboden, doch Lale hatte sie fest im Griff. Kaum hatten sie den Ausgang passiert, rannten sie auf den Polizeiwagen zu und grölten los. Lale konnte sich nicht erinnern, wann sie zuletzt von einem solchen Lachkrampf geschüttelt worden war. Immer, wenn sie sich einigermaßen beruhigt hatte und Mandy ansah, ging es wieder los! Sie hielten sich die Bäuche und prusteten um die Wette.

Zwei Stunden später ließen sie sich von Krokowszic die Ereignisse erläutern.

»Also, der Tote ist Professor Doktor Wilhelm Schumann-Berbersbach«, erklärte Krokowszic und schaute dabei konzentriert auf seine Notizen. »Er leitet seine eigene exklusive Klinik für Plastische Chirurgie.«

Lales Zwerchfell zuckte erneut verdächtig. »Na, immerhin war er nicht Friseur«, sagte sie und Mandy kicherte.

»Was ist denn daran so witzig?«, fragte Krokowszic und fuhr fort. »Er ist 46 Jahre alt, unverheiratet, soll aber einen ganz schönen Frauen-Verschleiß haben.«

»Das haben die Zahnräder so gesagt?«, fragte Lale ungläubig.

»Nein.« Der Kollege grinste. »Die sagten, er habe eine große Wirkung auf Frauen und zahlreiche Verehrerinnen. So eine Art alternder Playboy eben. Er hat drei Porsche in der Garage und gerne ein Blondchen auf dem Beifahrersitz, nehme ich an.«

»Und warum war er dann bei diesem Verein?«, fragte Lale. »Was war denn los in dieser Nobelhütte?«

»Ja, das ist ganz witzig …« Krokowszic suchte zwischen seinen Notizzetteln.

»Oh, nein!«, jammerte Mandy. »Heute nichts Witziges mehr!«

»Er kam offenbar gerade aus Radebeul. Ein schwarzer Porsche fuhr mit stark überhöhter Geschwindigkeit auf der Leipziger Straße. Um 12.23 Uhr wurde er geblitzt. Und um 12.41 Uhr raste er durch eine Radarkontrolle der Kollegen von der Verkehrspolizei.« Krokowszic suchte erneut zwischen seinen Zetteln. »Die Kollegen nahmen die Verfolgung auf und fanden den schwarzen Porsche, zugelassen auf Schumann-Berbersbach, mitten auf dem Theaterplatz. Passanten hatten den Fahrer des Wagens in Richtung Taschenbergpalais flüchten sehen. Als sie den Mann im Salon fanden, konnten sie nur noch seinen Tod feststellen.«

»Ach, deshalb waren schon so viele Beamte vor Ort«, stellte Mandy fest. »Was war das denn da für ein Treffen?«

»Rotary Club, nehme ich an«, sagte Lale, die sich erinnerte, das Zahnradabzeichen schon einmal auf einer Zeitschrift gesehen zu haben.

»Genau«, bestätigte Krokowszic. »Die treffen sich aller 14 Tage dort. Und Schumann-Berbersbach sollte heute um halb Eins einen Vortrag zum Thema Schönheitsideale des 18. Jahrhunderts halten. Doch stattdessen brach er um 12.47 Uhr tot vor seinem Männerclub zusammen.«

»Mord Nummer 4«, konstatierte Lale. »Der ist bestimmt schon vorher von dem Gift total durchgeknallt. Quasi Amok gefahren. Nun stellt euch mal vor, als Nächsten erwischt es einen Piloten!«

Lale suchte gerade in ihrer Jackentasche nach dem Wohnungsschlüssel, als sie von weiter oben im Treppenhaus ein tiefes Knurren hörte. Aufmerksam lauschte sie dem Geräusch während sie langsam die Treppen hinaufging. Hunde waren ihr von jeher unheimlich und das Knurren wurde von Stockwerk zu Stockwerk deutlicher. Sie bemühte sich um langsame und bedächtige Bewegungen, als wolle sie Gerste imitieren.

Als sie auf dem vorletzten Treppenabsatz zu ihrer Wohnung war, sah sie ihn: Ein rosa-braun-gescheckter Hund saß vor ihrer Tür, knurrte und wirkte mit seinen angelegten Ohren alles andere als freundlich. Er sah genauso aus wie die Kampfhunde, vor denen in Hamburg immer gewarnt wurde. Lale bekam Herzklopfen. Nur nicht anstarren, das mögen Hunde gar nicht. Auch nicht stehen bleiben. Sie bemühte sich um sehr kleine und langsame Schritte.

»Ja, du bist ja ein ganz feiner …«, brabbelte sie vor sich hin. »So ein guter Hund aber auch … immer fein aufpassen …«

Der Hund zeigte sein beeindruckendes Gebiss. Lale lief es kalt den Rücken herunter. Dagegen war ein Hai ja das reinste Kuscheltier.

»Ja, gutes Hündchen …« Lale drückte sich an der Treppenhauswand entlang. Der Hund stand knurrend neben der Fußmatte ihrer Wohnungstür. »So ein netter aber auch …« Sie suchte erneut nach ihrem Wohnungsschlüssel und klapperte dabei in ihrer Jackentasche.

Der Hund legte den Kopf auf die Seite und leckte sich die Schnauze. Er sabberte. Oje, er hatte auch noch Hunger. Lale schwitzte. Vielleicht war Pit ja zu Hause. Die Klingel konnte sie allerdings von hier aus noch nicht erreichen.

»Gutes kleines Hundchen!« Der Hund knurrte wieder. Es half nichts, sie musste nach Pit rufen.

»Pit!?« Lale klang noch etwas zögerlich. Der Hund wedelte angriffslustig mit seinem dünnen Schwanz.

»Pi-hit!« Das war schon etwas lauter. Der Hund wedelte mehr und legte den Kopf schief.

»Pit!!!«, schrie Lale. Der Hund machte Sitz und hob eine Vorderpfote.

»Pit, jetzt mach doch mal!« Der Hund hob auch noch die zweite Vorderpfote.

Lale beschlich die dunkle Ahnung, dass Pit nicht zu Hause war. Schnell nestelte sie ihren Wohnungsschlüssel unter lautem Geklapper aus der Jackentasche. Sie musste die Gelegenheit nutzen, dass der Hund gerade auf seinem Hinterteil zu meditieren schien.

Sie würde ihn jetzt einfach ignorieren. Sie würde jetzt zwei Schritte machen, die Wohnungstür ganz sachte aufschließen, vorsichtig hineingehen und die Tür wieder schließen. Genau so würde sie es machen. Ein guter Plan. Lale atmete tief durch, erklomm mit wackligen Knien die beiden Treppenstufen und steckte mit zitternden Fingern den Schlüssel ins Schloss. Es schien eine Ewigkeit zu dauern. Da, die Tür öffnete sich endlich.

»Pi-hit?!« Lales Stimme schien zu versagen. Der Hund sprang auf, kam auf sie zu, wedelte mit seinem dünnen Schwanz und verschwand in der Wohnung. Auch das noch!

Lale schlich auf Zehenspitzen in die Diele und sah sich vorsichtig um. Der Kampfhund lief aufgeregt im Wohnzimmer hin und her. Argwöhnisch beobachtete sie sein Treiben. Er schien bald gefunden zu haben, was er suchte. Er schnupperte am Couchtisch herum, setzte sich erneut auf sein Hinterteil, hob die Vorderpfoten auf die Tischkante und fischte sich mit der Schnauze die Tüte Kartoffelchips vom Tisch. Dann kam er mit seiner Beute zu Lale und legte ihr die Tüte Beifall heischend vor die Füße.

»Du bist ja doch ein guter Hund …« versuchte Lale einen neuen Anlauf der Konversation. Diesmal schien der Vierbeiner ihren Tonfall zu schätzen. Sie durfte sogar die Chipstüte aufheben, erschreckte sich jedoch bei dem lauten Knistern selbst so sehr, dass sie sie einfach wieder fallen ließ. Darauf schien der Hund nur gewartet zu haben. Er schnappte sich die Tüte, schüttelte sie aggressiv hin und her, ließ sie fallen, biss erneut hinein, bis sich die Kartoffelchips im gesamten Wohnzimmer verteilten.

Lale setzte sich auf die Couch und beobachtete das fremde Tier. Voller Genuss machte es die Tüte nieder, knabberte wechselweise an Verpackung und Inhalt und kläffte hin und wieder freudig auf.

Er wirkte jetzt eigentlich richtig nett, dieser fremde Hund. Ob er weggelaufen war? Oder gar ausgesetzt? Der arme Kerl … »Hey, du! Magst du kalte Pizza?« Lale schnippte mit den Fingern.

Der Hund kam an, schnüffelte an ihrem Knie und schleckte dann mit seiner weichen Zunge über ihre Hand.

»Weißt du, ich mag kalte Pizza.« Vorsichtig strich sie dem Hund über die breite Stirn. Er legte den Kopf schief. »Aber ich teile natürlich gerne mit dir.« Der Hund stieß ein kurzes Jaulen aus, sprang auf die Couch und kuschelte sich an sie.

Sie hatten den Pizzakarton vom Vortag leer gegessen und sich kauend angefreundet. Der Vierbeiner leckte hingebungsvoll die letzten Reste aus der Pappe, als es an der Tür klingelte.

Im Treppenhaus stand eine völlig aufgelöste Brigitte: Die Haare zerzaust, die Augen verheult, im Gesicht lauter rote Flecken. Ihre Mundwinkel zuckten weinerlich.

»Haben Sie vielleicht meinen Hund gesehen?« Sie schluchzte und fiel Lale um den Hals. Dann kreischte Brigitte plötzlich los: »Ja, Pittiplatsch, da bist du ja!«

Der Hund flog geradezu von der Couch zur Wohnungstür und stürzte sich freudig jaulend auf Brigitte. Die schien mindestens genauso viele Tonvarianten zu kennen wie das Hundetier. »Du darfst doch nicht weglaufen … und ich denke, du wartest zu Hause … und dann ist mein kleiner Pitti gar nicht da … sitzt gar nicht vor der Tür …«

»Er saß vor meiner Tür und wirkte ziemlich gefährlich«, sagte Lale grinsend. »Erst dachte ich, er wolle mich fressen, aber er hat sich dann doch mit mir auf eine gemeinsame Pizza geeinigt.«

Langsam ebbte die Wucht der Begrüßung ab und der Hund nahm freudig wedelnd seinen Platz auf der Couch wieder ein.

»Ich glaube, er mag Sie sehr!« In Brigittes Stimme schwang der ganze Stolz einer Hundebesitzerin mit. »Darf ich vorstellen? Lale, das ist Pit Bull!«

Aha. Lale verstand. »Pit und Bull so wie Homo und Sapiens.« Sie grinste. »Wie wäre es mit einem Kaffee?«

»Gerne.« Brigitte gesellte sich zu ihrem Vierbeiner.

Lale verschwand kurz in der Küche. »Mist, ich habe keine Filtertüten mehr!«, rief sie.

»Macht doch nichts«, antwortete Brigitte. »Machen Sie doch einen türkischen Kaffee!«

Drei Kaffeetassen später waren Lale und Brigitte beim Du angekommen. Pit Bull lag zwischen den beiden Frauen auf der Couch und holte sich mal von der einen, mal von der anderen seine Streicheleinheiten.

»Nun erzähl doch mal von deinem Zeitungsjob«, sagte Lale.

»Ach, so viel gibt es da gar nicht zu erzählen«, winkte Brigitte ab. »Ich sitze in der Anzeigenabteilung, Annahme, Beratung, Planung, Verteilung.« Sie kicherte. »Und jetzt lach mich nicht aus, Frau Kommissarin! Ich bearbeite die Todesanzeigen und die Kontaktanzeigen.«

»Schräge Kombination.« Lale schmunzelte. »Aber so lange du die nicht verwechselst.«

»Na ja«, meinte Brigitte nachdenklich. »Bei den Toten dürften wir wohl so was wie eine berufliche Schnittmenge haben.«

Lale seufzte abgrundtief. »Und die Kontaktanzeigen? Die sind doch bestimmt ziemlich lustig, oder?«

Brigitte schüttelte den Kopf. »Irgendwann wird es langweilig, immer derselbe Schmus. Alle sind unfehlbar, gefühlvoll, einsam, enttäuscht. Da ist selten mal was Originelles dabei.«

»Vielleicht inserieren ja seit zwei Jahren immer dieselben Leute«, frotzelte Lale.

»Du wirst lachen, so ist es«, sagte Brigitte. »Es gibt Leute, die schalten über ein halbes Jahr hinweg jeden Sonnabend dieselbe Anzeige.«

»Die wahren Pessimisten!« Lale lachte. »Also, wenn ich eine Kontaktanzeige aufgeben würde … Ich würde da gar nicht viel rein schreiben, vielleicht lieber etwas Freches!«

»Die Frauen sind ja immerhin noch kreativer als die Männer«, sagte Brigitte. »Letztens hatten wir was Witziges … Das weiß ich noch, weil ich mich erst bei der Geschäftsleitung erkundigen musste, ob die Ausdrucksweise zulässig ist. Pornografisches oder so dürfen wir ja nicht drucken.« Sie schien in ihren Gedanken zu kramen. »Ja, genau, so oder so ähnlich … ›Liebestoller barocker Engel sucht frechen Bengel für erotischen Höhenflug‹ …«

Lale schüttelte lachend den Kopf. »Und was für ein Mensch steckt hinter solchen Zeilen?«

»Keine Ahnung.« Brigitte zuckte die Achseln. »Das wird ja alles sofort chiffriert. Außerdem rufen die meisten an oder schicken ihren Text per Mail oder Post.«

»Das heißt, wenn da ein besonders netter Typ eine Frau sucht, könntest du ihn dir nicht vorher schnappen?«, fragte Lale zwinkernd.

Brigitte grinste etwas verlegen. »Klar könnte ich das, wenn ich wirklich wollte.« Dann lachte sie fröhlich. »Aber das wäre ja strafbar. Das erzähle ich bestimmt nicht einer Kommissarin!«

Lale stellte die Butter auf den Tisch und warf einen prüfenden Blick auf ihr seltenes Frühstücksarrangement. Sie war froh gestern Abend wenigstens die letzten Küchenutensilien ausgepackt und gespült zu haben.

Sie klopfte an die Badezimmertür. »Pit, das Frühstück ist fertig! Du auch?«

Zustimmendes Gemurmel. Dann kam Pit mit einem Handtuch auf dem Kopf aus dem Bad. Er rubbelte sich den neuen Kurzhaarschopf und warf das Handtuch über die Stuhllehne.

»Hey, Mama, was ist das?« Er feixte und knöpfte sich sein Hemd zu.

»Das ist ein kontinentales Frühstück«, sagte Lale. »Nur, damit du nicht vergisst, dass es eine Esskultur gibt.« Sie musterte ihren Sohnemann eingehend. »Also, an diese korrekte Frisur muss ich mich noch gewöhnen«, meinte sie stirnrunzelnd. »Steht dir aber gut. Wirkt irgendwie … erwachsener.«

Pit grinste zufrieden. »Wenn du das sagst …«

»Aber was ist das?« Sie tippte ihm auf die Brust. »Woher hast du so ein Hemd? Noch dazu in Weiß!«

»Mama!« Pit wirkte amüsiert. »Es gibt Geschäfte, die haben so viele von diesen Hemden, dass sie sie schon verkaufen müssen … Kaufhäuser haben sogar ganze Abteilungen voll.«

Lale lachte. »Na ja, so lange du nicht demnächst im Smoking frühstückst. Aber mal was Anderes, denn ich nehme mal an, du willst noch nicht auf Haute-Couture-Model umsatteln. Wie ist es in der neuen Schule?«

»Oh, sehr nett.« Pit griff zum Glas mit Schokocreme, zögerte kurz und stellte es wieder zurück. Dann nahm er die Leberwurst vom Teller.

»Geht es etwas genauer?« Lale beobachtete wie er sich Wurst auf eine Scheibe Brot strich.

»Wenn das ein Verhör werden soll …« Er biss in sein Wurstbrot. »Dann stell doch genauere Fragen!«

»Gibt es eine Handballmannschaft, in der du spielen kannst? Haben sie eine Schülerzeitung?« Lale überlegte kurz. »Welche Lehrer werden voraussichtlich Problemfälle?«

»Handball – nein. Schülerzeitung – weiß ich noch nicht. Lehrer – wirken ganz o.k. Bis auf die Englischtante, die meint, dass ihr Rumgestammel etwas mit englischer Aussprache zu tun hätte.« Dann setzte er hinzu: »Ich mache jetzt Geschichte-AG. Ist richtig witzig. Wir treffen uns immer dienstags, donnerstags und jeden zweiten Samstag.«

»Ist das nicht ein bisschen viel?«, fragte Lale.

»Ist ja auch viel Geschichte in Dresden«, meinte Pit.

Lale goss zwei Gläser voll Saft. »Weißt du schon, was du an deinem Geburtstag machen willst? Eignet sich doch gut für eine kleine Einstandsparty.«

»Ich glaube, ich habe etwas Besseres vor.« Pits Augen funkelten.

Um Punkt neun Uhr versammelte sich die Mordkommission in Gerstes Büro. Der Chef verharrte in eisigem Schweigen. Selbst Mandy verhielt sich so ruhig, dass nicht einmal ihre Armreifen klapperten. Krokowszic stand neben Lale am Fenster und starrte auf seine Notizzettel. Lale entschloss sich zur demonstrativen Teamfähigkeit und schwieg mit.

Zwei Minuten nach Neun flog Gerstes Bürotür auf. Alle zuckten erschrocken zusammen. Ein dynamischer junger Mann in flottem New-Economy-Outfit und quietschrotem Brillenutensil auf der Nase durchbrach das Schweigen.

»Meine Herrschaften! Es ist ein Skandal!«, schmetterte er feurig in die Runde. Dann lächelte er jovial. »Aber dafür haben Sie ja mich.« Er machte eine bedeutungsschwangere Pause, in der Lale genervt die Augen verdrehen konnte.

»Wenn ich Ihnen zunächst mal das Ausmaß der Katastrophe vor Augen führen darf.« Er wedelte mit einem Stapel Zeitungspapier. Dann zwinkerte er jedem Einzelnen zu. »Aber keine Angst! Wir bekommen das alles wieder hin! Ich habe eine super Strategie entwickelt!«

Lale bemerkte, dass Gerste sich ein Stück aufgerichtet hatte. Nun erhob er sich bedächtig zu voller Größe und sagte sehr ruhig: »Herr Winter, wenn ich Ihnen zunächst mal unsere neue Mitarbeiterin vorstellen darf … Kriminalhauptkommissarin Lale Petersen aus Hamburg!«

Der dynamische Herr Winter verabreichte Lale einen warmen Händedruck. »Hallooo, schöne Frau! Sie haben Humor, das gefällt mir.« Er schien ganz verzückt von seinem überschäumenden Charme. »Paul Winter mein Name, Presseabteilung. Ich habe mich den ganzen gestrigen Abend lang mit Ihnen beschäftigt.«

Lale konnte sich kein »Angenehm« abringen. Sie war zu sehr damit beschäftigt, sich allerhand Unfreundlichkeiten zu verkneifen. Deshalb nickte sie nur knapp. Paul Winter schien das auszureichen, denn er kam gleich auf sein Katastrophenszenario zurück.

»Die Morgenpost, meine Damen und Herren!« Er klappte ein kleinformatiges Boulevardblatt auf. »Wessi-Morde in Serie – Wird Dresden erpresst?« Er klappte eine großformatige Tageszeitung auf. »Die Dresdner Neuesten Nachrichten: Der Tod lauert im Barock – Was steckt hinter den Serienmorden?« Nun war er bei der Bildzeitung angekommen. »Terror vom Serienkiller – Dresdner sterben wie die Fliegen.« Er machte eine effektvolle Pause. Dann sah er Lale über seinen Brillenrand hinweg an. »Und nun zum wirklichen Desaster. Die Sächsische Zeitung schreibt: Vier Morde in vier Tagen – Polizei lacht sich kaputt!«

Er hielt eine Lokalseite der Zeitung hoch. Ein riesiges Farbfoto zog den Blick auf sich: Lale und Mandy, die sich vor Lachen krümmten.

Paul Winter lächelte Lale und Mandy aufmunternd an. »Nun ja, die Schreiberlinge. Jetzt wollen wir den Sachverhalt mal aufklären. Meine Damen, können Sie mir sagen, in welchem Zusammenhang dieses Foto von Ihnen entstanden ist?« Er sah noch immer lächelnd von einer zur anderen.

Lale sah, dass Mandy bis zu den Haarwurzeln errötete und ergriff das Wort. »Und ob ich Ihnen das sagen kann, Herr Winter.« Sie grinste ebenfalls breit. »Wir hatten soeben am vierten Tag den vierten Toten gefunden und standen vor diesem Taschenbergdings und lachten!«

Paul Winter klappte die Kinnlade herunter. Einen Moment lang war der Pressesprecher sprachlos.

»Ich habe den Artikel zwar noch nicht gelesen. Aber soweit es den allgemeinen Sachverhalt betrifft, stimmt alles.« Lale verschränkte die Arme und blickte Winter erwartungsvoll an.

Winter schnappte ein paar Mal nach Luft. Dann verschaffte sich wieder sein joviales Grinsen die Oberhand. »Na, wie gut, dass Sie mich haben«, beteuerte er. »Ich habe nämlich eine Spitzenstrategie!«

Gerste räusperte sich. »Herr Winter, dann lassen Sie uns doch mal an einem Ihrer Spitzenvorschläge Teil haben«, verlangte er sachlich.

»Heute um 14 Uhr ist Pressekonferenz!«, verkündete Winter, als habe er soeben ein solches Kommunikationsforum eigens für den heutigen Tag erfunden. »Und wir präsentieren – tätärätä! – die SoKo Canaletto!«

»Wieso Canaletto?« Jetzt machte selbst Gerste ein fragendes Gesicht.

»Weil das gut ist, ich meine, gut klingt. Außerdem war doch das erste Opfer ein Italiener ...« Winter schien selbst nicht recht überzeugt.

»Da fände ich aber SoKo August noch besser«, mischte sich Mandy ein. »Schließlich sind die Toten immer in oder an oder bei irgendwelchen Barockbauwerken gestorben ... Übrigens, wo wir gerade darüber reden: Das mit den Wessis stimmt auch. Bisher waren alle Toten aus dem Westen.«

»Genau!«, rief Krokowszic. »Ist eigentlich gar nicht so doof, was die Zeitungen sich da zurechtschreiben. Bis auf die Sache mit dem Terror vielleicht. Aber wer weiß? Vielleicht kommt ja noch eine saftige Erpressung!« Seine Augen blitzten auf.

Winter sah aus, als stünde er kurz vor einem Kollaps. Er sah entsetzt in die Runde und wandte sich dann an Gerste. »Soll das heißen, Sie wissen noch weniger als die Presse?« Er wurde ganz blass hinter seiner quietschroten Brille.

»Quatsch!« Lale baute sich in voller Größe vor ihm auf. Sie war bestimmt einen halben Kopf größer als der Presseheini. »Die Todesart ist doch entscheidend. Der Killer will, dass wir sofort das Gesetz der Serie erkennen. Er benutzt Arsen.«

»Mein Gott!« Winter starrte sie an. »Arsen … Arsen … Arsen … Wie das schon klingt! Wie die großen Detektive … Agatha Christie, Hercule Poirot, Miss Marple …« Er wirbelte einmal begeistert um seine eigene Achse. »Das ist ja eine Superstrategie!«, jubelte er.

»Klar, vom Mörder«, warf Lale lakonisch ein.

Winter schien sich mächtigen geistigen Errungenschaften hinzugeben. »SoKo Arsen … Das geht doch runter wie …«

»Gift.« Lale hatte so langsam die Nase voll von diesem Pausenclown.

»Ich gebe Ihnen recht,« sagte Gerste. »Das klingt medientauglich.« Er vergewisserte sich der allgemeinen Aufmerksamkeit. »Es gibt aber durchaus zu allerhand Spekulationen Anlass. Und wer gehört zu dieser neuen Sonderkommission?«

»Na, Sie und Sie und Sie …« Winter wirbelte herum. »Und vor allem Sie. Er deutete auf Lale. »Denn Sie sind ja der Dreh- und Angelpunkt meiner Strategie!« Er lächelte selig in den Raum. »Sie, meine liebe Frau Petersen, werden zur Pressemeute sprechen! Sie werden ihnen erklären, dass man einen subtilen Serienkiller nicht mit profanen Methoden fängt.«

Lale schwante etwas. »Gut. Und was sind meine außergewöhnlichen Fähigkeiten? Soll ich Kristallkugeln befragen, Karten legen oder Tatorte auspendeln?«

Winter schien jetzt wieder ganz in seinem Element. Er breitete gebieterisch die Arme aus. »Ich sage nur …« Er senkte seine Stimmlage dramatisch. »Profiling …«

»Was?«, fragten Krokowszic und Mandy unisono.

Lale beobachtete Gerste. Und Gerste betrachtete Lale aufmerksam.

»Frau Petersen!« Winter sah Lale an, als wolle er ihr gleich um den Hals fallen. »Erwähnte ich es bereits? Ich habe mich den ganzen Dienstagabend lang mit Ihnen beschäftigt. Ich habe mit Ihrer Akte in den Händen auf meinem Sofa gesessen. Und ich habe mit großer Freude entdecken dürfen, dass Sie einige Semester Psychologie studiert haben, und dass Sie eine Weiterbildung in Sachen Profiling absolviert haben.« Er machte eine Effekt heischende Pause. »Ich kann nur sagen: Hut ab vor so einer Frau!«

Lale wollte lieber nicht sagen, was sie zu so einem Auftritt nur sagen konnte. Sie wartete ab, ob Gerste sich zu Wort melden würde. Aber der betrachtete sie noch immer aufmerksam.

»Also«, hob Lale an. »Meinetwegen, und wenn die Abteilung sich einig ist, treten wir als SoKo Arsen vor die Presse. Und meinetwegen kultiviere ich auch meine psychologischen Verdienste. Aber …« Sie sah alle Augen auf sich gerichtet und warf Winter einen strengen Blick zu. »Aber nur unter einer Bedingung … Sie halten die Klappe!« Und als Winter sie allzu zufrieden anlächelte, setzte sie mit Nachdruck hinzu: »Sonst werde ich mich vor die gesamte Presse der Landeshauptstadt stellen und einfach nur … lachen. Verstehen Sie? Lachen. Und Sie wissen, ich höre so schnell nicht wieder auf!«

Mandy kicherte, Krokowszic lachte laut und selbst Gerste schmunzelte. Paul Winter nickte beflissen.

»Zusammenfassend bleibt zu sagen«, Gerste räusperte sich. »Wir haben es in allen vier Fällen mit homizidalen Vergiftungen zu tun. Das heißt im Klartext Mord. Den Opfern wurde eine tödliche Dosis eines arsenhaltigen Giftes verabreicht. Und zumindest in drei von vier Fällen können wir ausschließen, dass der Fundort der Toten auch der Tatort war.«

Im Saal hob verhaltenes Gemurmel an.

Lale beobachtete Gerste, der beschwichtigend die Arme hob. »Moment bitte, meine Damen und Herren!« Er machte eine Pause. »In Ihren Pressemappen finden Sie ein Phantombild, um dessen Veröffentlichung wir Sie bitten möchten. Es handelt sich bei der abgebildeten Person um eine Zeugin, die wir suchen.

Wir hoffen, dass diese Unbekannte uns weiterhelfen kann. Und ich bitte Sie!« Gerste erhob die Stimme. »Ich bitte Sie, sich konkret an die Angaben zu diesem Phantombild zu halten. Wir möchten diese Zeugin keinesfalls verschrecken.«

Ein Mann in Lederjacke sprang auf. »Und was wissen Sie über die Opfer? Was sind das für Leute?«

»Sie werden verstehen, dass wir die Opfer, beziehungsweise ihre Angehörigen, schützen wollen«, sagte Gerste mit Nachdruck. »Halten Sie sich bitte an das Recht zum Schutz der Persönlichkeit. Es gilt über den Tod hinaus, wie Sie als gute Journalisten ja wissen.«

»Wie kommt denn ein x-beliebiger Mensch an Arsen?«, rief eine offensichtlich aufgebrachte junge Frau. Lale hatte diese Frage schon früher erwartet.

»Auch hier können wir Ihnen natürlich keine Hintergründe liefern …«, sagte Gerste.

»Weil Sie es selbst nicht wissen!«, ereiferte sich die junge Frau.

»Keinesfalls.« Gerste strahlte noch immer eine erstaunliche Ruhe aus. »Aber wir werden Ihnen jetzt keine Rezepturen empfehlen. Sie wissen selbst: Wenn Sie etwas haben wollen, dann bekommen Sie es auch! Der Unterschied zwischen Gift und Arznei wird immer bestimmt durch die Dosis.« Gerste machte eine kurze Pause. »Bis hierher vielen Dank für Ihre Aufmerksamkeit. Für Ihre weiteren Fragen steht Ihnen Hauptkommissarin Petersen zur Verfügung. Frau Petersen ist Expertin für psychologische Täterprofile, das so genannte Profiling.«

Lale erhob sich und grüßte mit einem Kopfnicken in die Runde. Sie ahnte schon, dass der Typ hinten links im grauen Sweatshirt und eine Frau im dunkelblauen Kostüm bohrende Fragen stellen würden. Alle anderen wirkten vorerst zufrieden mit dem Informationsfluss und durchschnittlich motiviert. Gerste hatte mit seiner sachlichen Art gute Arbeit geleistet.

»Sie wissen, dass wir von einem Serientäter ausgehen …«, hob Lale an.

Verhaltenes Gelächter im Saal. »Kein Wunder, bei vier Toten!«, tönte es von hinten.

»Um die Handschrift eines solchen Täters zu entschlüsseln, müssen wir objektive Daten haben.« Lale merkte, dass sie etwas zu schnell sprach. Sie wollte an dieser Stelle nicht unterbrochen werden. »Allerdings hinterlassen Serientäter einen seelischen Fingerabdruck, der nicht ins Ressort der Spurensicherung fällt. Ein Täterprofil setzt sich also aus dem zusammen, was wir an seelischen Abgründen ermitteln können.« Sie atmete tief durch. »Dieser Täter will uns etwas mitteilen, er hat eine Botschaft, die er selbst für so interessant hält, dass er mit Mord darauf aufmerksam machen muss.«

»Das wissen wir ja nun alles!« Aha, der Typ im grauen Sweatshirt hinten links. »Wie wollen Sie denn nun weitere Morde verhindern?«

Diese Frage hatte Lale befürchtet. »Zunächst einmal würden wir Ihnen das nicht direkt auf die journalistische Spürnase binden …« Lale lächelte. »Allerdings lässt uns dieser Täter bislang auch gar keine Möglichkeit, diesbezüglich sichere Erkenntnisse zu gewinnen. Wie bereits gesagt wurde, liegen die Verabreichung der Überdosis und der Todeszeitpunkt relativ weit auseinander.« Lale holte tief Luft. »Wir können weitere Morde nicht mit Sicherheit verhindern. Das ist das Konzept des Killers.«

Einen Moment lang herrschte Ruhe im Saal. Einige wenige Anwesende machten sich Notizen. Lale registrierte sogar betroffene Gesichter.

Die Frau im dunkelblauen Kostüm hob den Arm. »Ja, bitte …«, sagte Lale.

»Haben diese Morde mit Sex zu tun?«, fragte sie.

»Also, bisher deutet äußerlich nichts auf sexuelle Bezüge hin. Die Opfer – übrigens ausnahmslos Männer – zeigen keinerlei Spuren von sexueller Gewalt.« Lale warf einen verstohlenen Blick zur Seite, wo Peter Winter tatsächlich seit einer halben Stunde beharrlich schwieg. »Allerdings lehrt uns die Statistik, dass etwa ein Drittel aller Straftaten sexuell motiviert ist; da bilden gerade Serienmorde keine Ausnahme. Deshalb können wir eine sexuelle Motivation zu diesem Zeitpunkt noch nicht ausschließen.«

Lale blickte in den Saal. Es gab keine Wortmeldung. »Wenn Sie also an dieser Stelle keine weiteren Fragen haben, möchte ich Sie noch um etwas bitten!« Sie räusperte sich. »Wir haben keinen Grund zu der Annahme, dass es sich um organisiertes Verbrechen, Terror oder Erpressung handelt. Wir gehen davon aus, es mit einem geistig verwirrten, durchschnittlich intelligenten Gehirn zu tun zu haben, das sich seine Mordopfer gezielt aussucht. Also, schreiben Sie, spekulieren Sie wild über den Täter. Locken Sie ihn aus der Reserve!«

»Eine Frage noch …« In der letzten Reihe stand ein Mann auf. »Das ist ja keine ganz einfache Aufgabe für Ihre Sonderkommission …«

»Ich danke Ihnen für Ihr Verständnis.« Lale lächelte milde.

»Es ist also nicht einfach«, wiederholte er. »Da frage ich mich dann allerdings doch, warum sich die Kommissarinnen der Sonderkommission über einen Leichenfund derart kaputt lachen!!!«

»Genau!« und »Pietätlos!«, schallte es aus einigen Ecken des Saales.

Lale nahm eine besonders aufrechte Haltung an. »Bitte, Ruhe«, verlangte sie freundlich und sagte dann bestimmt: »Wir müssen uns hier in ein Psychopathengehirn hineinversetzen. Das verlangt eine Menge Anstrengung. Und so greifen wir zu neuen, vielleicht noch etwas unkonventionellen Methoden.« Im Saal ebbte das Gemurmel ab. Im Hintergrund klingelte ein Handy, kurz darauf war ein weiteres Klingeln zu hören. Zwei Journalisten entfernten sich, die Telefone am Ohr, aus dem Saal. Lale hob die Stimme: »Und zu diesen unkonventionellen Methoden zählt natürlich auch …« Weitere Klingeltöne durchzuckten den Saal und weitere Presseleute erhoben sich und gingen. Lale setzte erneut an: »Und zu solchen Methoden gehört auch das Lachyoga.« Es klingelte aus allen Richtungen. Die Journalisten liefen angeregt telefonierend durcheinander. Innerhalb weniger Sekunden war der Saal fast leer.

Krokowszic legte Lale eine Hand auf die Schulter. »Kommen Sie, wir müssen los!«

»Ach du Scheiße, Leiche Nummer 5!«, entfuhr es Lale.

Krokowszic sah sie bewundernd an. »Sie wissen schon wieder sofort, was Sache ist. Wie machen Sie das nur immer?«

Lale hatte fast das Bedürfnis, dem Kollegen beruhigend den Kopf zu tätscheln. »Ach, Kroko. Ich darf Sie doch so nennen?«

»Klar!«, freute sich der junge Mann. »Wollen Sie bei mir mitfahren?«

»Mit dem größten Vergnügen«, sagte Lale und meinte es totернst.

»Karcherallee ist komplett gesperrt«, knisterte es aus dem Polizeifunk. »Kollegen machen gerade Winterbergstraße dicht. Over.«

»Brauchen dringend vier RTW! Wiederhole: Vier RTW, Platz An der Pikardie«, krächzte eine andere Stimme. »Zentrale, bitte bestätigen.«

»Hier Zentrale. Bestätige: Vier RTW für Pikardie angefordert.«

»Hier Zentrale an alle Einsatzwagen Süd-Südost. Verkehr umleiten über Bodenbacher Straße. Wiederhole.«

Kroko regelte den Polizeifunk leise. »Da kommen auch wir nicht durch, wenn das eine Massenkarambolage ist. Das da vorne rechts ist die Karcherallee.«

»Na dann fahren Sie rechts ran«, schlug Lale vor. »Dann laufen wir eben.«

Lale sprang aus dem Auto und lief los. Überall standen Autos herum. Wild gestikulierende Autofahrer schimpften. Sie bog in die Allee ein. Kroko hatte Mühe Schritt zu halten, hielt sich jedoch tapfer.

»Vorsicht!« Lale sprang zur Seite, weil ein Fahrzeug auf den breiten Gehweg fuhr. Die anderen taten es ihm gleich. Von hinten drängelten die Lichter eines RTW. Lale kämpfte sich dicht am Gebüsch entlang.

Kroko folgte ihr. »Oh, Gottogott, was für ein Chaos«, sagte er, wirkte jedoch nicht wirklich entsetzt. »Hatten wir lange nicht mehr. Schauen Sie mal, da vorne sind alle ineinander gekracht!«

Lale verkniff sich eine Bemerkung über den Tatsachenbezug des Wortes Massenkarambolage. Aus einer Seitenstraße war eine Sirene zu hören.

Neben ihnen ging eine Autotür auf und ein Mann stieg aus. »Was ist denn hier los?«

»Zurück in den Wagen!«, herrschte Lale ihn an. »Fahren Sie den Wagen an die Seite, damit die Rettungsfahrzeuge durchkommen! Dort vorne gibt es Verletzte!«

Der Mann stieg kopfschüttelnd wieder ein.

Auf der Kreuzung vor ihnen standen Autos kreuz und quer und waren ineinander verkeilt. Zur Rechten näherte sich ein RTW durch den Großen Garten und scheuchte die Schaulustigen am Tor zur Seite.

Lale und Kroko zwängten sich zwischen den Fahrzeugen hindurch. Gegenüber vom Eingang zum Park stand Mandy und winkte. Sie hatte sie offenbar kommen sehen.

»Dort hin!« Lale zog Kroko mit sich.

»Ihr braucht aber lange«, meinte Mandy. »Hier ist er!« Sie deutete auf eine Gestalt mit Helm und Skaterkluft am Boden. Er kam direkt und ungebremst aus dem Großen Garten und fuhr – bssst – mitten über die Kreuzung. Total krass!«

»Wow! Da hat er aber Glück gehabt, bei den vielen Autos«, sagte Kroko. »Einfach so mittendurch …«

»Kroko, der Mann hat kein Glück gehabt!« Lale tastete nach dem Puls des Skaters. »Der Mann war schon tot …« Sie fühlte die kalt-feuchte Haut. »Aber es hätte schlimmer ausgehen können, da haben Sie recht«, fügte sie einlenkend hinzu. »Wo ist eigentlich Gerste?«

»Der steht da drüben und redet mit Spaziergängern.« Mandy deutete auf den Eingang zum Großen Garten. »Die haben sich doch glatt beschwert, dass der hier sie fast umgefahren hätte!«

»Nun ja, muss man ja auch erstmal drauf kommen, dass einem da ein Toter über den Weg rollt.« Lale rieb sich das Kinn. »Was meint ihr, wie lange der so durch die Gegend gerollt ist?«

»Tja …« Mandy hob die Hand über die Augen und blickte in den Großen Garten hinein. »Wenn er die Hauptallee heruntergekommen ist … Muss er ja wohl. Ich meine, so ein Toter fährt ja keine Kurven. Also, die Hauptallee runter.« Sie überlegte. »Selbst wenn er quasi gerade durchgefahren ist, kann er noch nicht lange tot sein. Denn in der Mitte ist das Palais mit dem Teich …«

»Na klar, ein Teich und ein Palais.« Lale seufzte. »Bisher hatten wir wenigstens nur Wasser oder Palais …«

»Und die Augustusbrücke?«, fragte Kroko.

»Die Elbe ist ja auch Wasser!«, entgegnete Mandy. »Aber zurück zu Nummer 5: Tatsache ist doch, dass er irgendwo zwischen Palaisteich und hier gestorben ist.«

»Wo sind eigentlich die Spusis?«, fragte Lale und sah sich um.

»Die hängen bestimmt irgendwo im Verkehrschaos fest«, sagte Mandy. »Warum? Brauchen wir die?« Sie hielt Lale grinsend einen schwarzen Rucksack hin. »Den hier hatte er umgeschnallt.«

»Lale zog vorsichtig und unauffällig den Reißverschluss auf. Es schien eine ganze Menge Papierkram drinzustecken. »Den werden wir uns mal ganz genau anschauen«, kündigte sie flüsternd an. »Es muss doch endlich mal einen Anhaltspunkt geben.«

»Mann, oh Mann!« Lale stand vor der Wandkarte von Dresden, die Mandy zwecks Übersichtlichkeit an die Wand gepinnt hatte. Alle Fundorte der Toten hatte sie mit roten Reißnägeln markiert. »Das ergibt doch schon optisch überhaupt keinen Sinn …« Lale raufte sich den kurzen Schopf. »Jetzt haben wir drei Outdoor-Leichen und zwei Indoor-Leichen.« Sie öffnete die untere Schreibtischschublade und holte die Dose mit dem Engelmotiv heraus. Mandy grinste. »Sehen Sie, früher oder später braucht hier jeder Kekse.«

Lale öffnete die Dose, hielt sie Mandy hin und nahm sich dann selbst eine ganze Hand voll Gebäck.

»Also, von der Täterseite her kommen wir im Moment nicht weiter.« Lale biss in einen Keks. »Oh, die sind aber gut … Es bleibt uns also nur die Opferseite. Wir brauchen ein Opferprofil.«

»Und der Rucksack?«, fragte Mandy. »Gehen wir doch noch mal die Fakten über das letzte Opfer durch. Der Mann war in der Werbebranche tätig, in einer großen Agentur.«

»Ist Kroko da jetzt eigentlich schon hingefahren?«, fragte Lale.

Mandy nickte. »Der Typ war also erfolgreich. Das waren alle unsere Toten, richtig?«

»Richtig«, bestätigte Lale. »Aber er war etwas jünger als die anderen.«

»Der sah eigentlich auch ziemlich gut aus, finde ich jedenfalls.« Mandy knabberte an einem Keks. »Komisch, dass er so gar keinen Erfolg bei Frauen hatte …«

»Wie kommen Sie denn darauf?«, fragte Lale überrascht. Sie hatte den toten Werbefachmann ebenfalls als recht attraktiv in Erinnerung. »Wenn ich darüber nachdenke, waren die eigentlich alle auf ihre Art Womanizer …«

»Auch der mit dem Pfiffi?« Mandy grinste breit.

»Gerade der!«, sagte Lale. »Sie werden kaum glauben, worauf

Frauen so alles stehen, wenn einer Geld hat und Sportflitzer fährt ...«

»Und einem zu Weihnachten eine neue Nase ins Gesicht operiert!« Mandy kicherte. »In Ordnung«, sagte sie dann. »Ein Opernstar darf dick sein, er ist ja berühmt und schöngeistig. Der Kunstdozent gehörte zur Kategorie »sexy Mittelalter«. Der Immobilientyp hatte wahrscheinlich auch seine Fans, und unser Mottenpfiffi sowieso. Aber der Werbemensch?«

»Wieso, den finde ich von allen noch am attraktivsten«, sagte Lale. »Wenigstens war der mal sportlich.«

»Dann war er eben einfach zu schüchtern, um Frauen anzusprechen«, stellte Mandy fest.

»Woher nehmen Sie denn diese Weisheit?« Lale knabberte einen weiteren Keks.

»Na, die Kontaktanzeigen.« Mandy kramte auf Lales mit Papieren übersätem Schreibtisch. Dann zog sie eine Klarsichthülle heraus, in der eine zusammengefaltete Zeitungsseite lag. »Hier ist eine ganze Seite mit Kontaktanzeigen!«

Lale griff nach der Hülle. »Wieso Kontaktanzeigen? Ich dachte, es ging um ein Inserat von seiner Werbeagentur!« Sie deutet auf eine fast halbseitige Stellenannonce.

Mandy schüttelte den Kopf. »Das kommt doch drauf an, von welcher Seite man es betrachtet. Schauen Sie, hier auf der Rückseite stehen lauter ›Sie sucht Ihn‹.«

Lale drehte die Zeitungsseite um. Mandy hatte recht, es waren Kontaktwünsche auf der Seite. Lale sah genauer hin. »Schauen Sie mal!« Sie zog Mandy an ihre Seite. »Hier ist etwas angestrichen, und da auch, und dort!«

»Echt?« Mandy klang aufgeregt. »Tatsache!«

»Das wurde mit einem schwarzen Filzstift angekreuzt«, sagte Lale. »Deshalb haben wir es erst gar nicht bemerkt!«

»Sehen Sie!« Mandy triumphierte.

»Gut gemacht, Mandy, Sie Engel!« Lale schaute auf die Uhr. »Ich glaube, ich muss noch mal weg. Wenn noch irgendwas sein sollte, erreichen Sie mich auf dem Handy.«

»Geht klar!«, sagte Mandy und drückte vorsichtig den Deckel auf die Keksdose.

»Morgen früh schaue ich als Erstes bei Kowalski rein.« Lale hangelte sich ihre Jacke von der Stuhllehne. Dann blieb ihr

Blick an dem Vogelkäfig hängen. »Ach Mandy, was ich Sie schon die ganze Zeit mal fragen wollte ... Was machen die beiden Piepmätze denn eigentlich da?«

Mandy grinste. »Das sind Gräfin Cosel und der starke August. Es sind aber eigentlich zwei Weibchen. Deshalb verstehen sie sich auch besser als die beiden Originale.« Mandy stellte die Kekse zurück in die Schublade. »Ich bringe sie morgens immer mit, damit sie nicht alleine zu Hause sind.«

»Können Sie diese schrägen Vögelchen denn wirklich voneinander unterscheiden?« Lale klang ungläubig. »Ich finde, sie gleichen sich wie ein Vogelei dem anderen.«

Mandy zwinkerte fröhlich. »Nu, ganz sischer bin isch ooch ni immer ...«

Mit zwei prall gefüllten Einkaufstüten betrat Lale die Wohnung, als Pit ihr öffnete.

»Na, gibt es jetzt ständig Esskultur?« Er deutete auf die Tüten.

Lale grinste. »Für mich ist nur der Rotwein. Der Rest ist für dich!« Sie drückte ihrem Sohn eine Tüte in die Hand.

»Du, Mama, ich habe jetzt aber gar keine Zeit für solchen Kram«, maulte Pit. »Womöglich noch gemeinsam kochen und so ...«

»Wieso? Spielst du wieder am Computer? Du Armer!« Lale hievte ihre Tüte auf den Tisch und fischte zwei Flaschen Rotwein heraus.

»Nee, ich habe noch echt was zu tun«, erklärte Pit mit ernstem Gesicht. »Ich habe dir doch von der AG erzählt ...«

»Geschichte, oder?« Lale nahm ein paar weitere Utensilien aus der Tüte.

»Genau.« Pit nickte. »Und na ja, ich habe da noch ein paar Vorbereitungen für die Exkursion morgen zu erledigen.«

»Na, dann ... Halt!« Sie nahm ihm eine Tüte mit Kartoffelchips aus der Hand. »Die sind nicht für dich! Die sind für Pit Bull!«

»Hä?« Pit wischte sich mit der Hand vor dem Gesicht herum. »Wirst wohl langsam selbst schon gaga vor lauter Arsen, was?« Er lachte.

»Woher weißt du denn von dem Arsen?« Lale stopfte einen Teil der Einkäufe in den Kühlschrank.

»Radio ...?« Pit schnappte sich eine Packung mit Tiefkühlpizza.

»Ist die denn vielleicht verfügbar, oder ist die auch für irgendeinen Bullen?«

»Klar, iss, mein Junge!« Sie klopfte ihrem Sohn mütterlich auf die Wange. »Und was für gewichtige Vorbereitungen hast du nun noch zu tätigen, wenn du schon keine Zeit mehr für deine arme alte Mutter hast?«

»Ich muss meine Lesart verbessern«, sagte Pit ernst. »Geschichte zu lesen ist das Eine. Es mit der richtigen Lesart zu tun ist das andere. Sagt Frau Kernmann.«

»Na, wenn sie das sagt«, meinte Lale. »Ich habe für heute jedenfalls genug von Geschichte. Ganz besonders von der Dresdner Geschichte.« Sie lachte und machte sich daran, die zweite Tüte auszupacken. »Stell dir vor, meine Assistentin Mandy hat nicht nur zwei Wellensittiche, die sie täglich mit ins Büro und natürlich auch wieder mit nach Hause nimmt … Die heißen auch noch August und Gräfin Mosel …«

»Cosel, Mama«, korrigierte Pit. »Die hieß Gräfin Cosel. Übrigens eine hochinteressante Frau! Sie war die Mätresse von Au…«

»Schluss jetzt!«, schnauzte Lale lachend. »Ich habe keine Lust mehr auf diesen alten Kram!« Sie grinste. »Ich habe Mandy sowieso nur nach ihren Piepmätzen gefragt, damit ich unauffällig ein Beweisstück einstecken konnte … Wenn ich schon halblegale Wege beschreite, dann muss ich sie da ja nicht noch mit hineinziehen.«

»Aber mich, oder was?« Pit stellte den Backofen an. »Wenn dein Boss mich foltert, packe ich gnadenlos aus!«

»Gute Idee! Du packst den Rest hier aus, und ich verschwinde mal ein bisschen zu Brigitte.« Lale klemmte sich die beiden Weinflaschen unter den Arm und griff nach der Chipstüte. »Hasta luego, Baby! Und immer schön an die Lesart denken …«

Im Treppenhaus stieß sie fast mit Brigitte zusammen, die ebenfalls ihre Wohnung verließ.

»Ich wollte gerade zu dir«, sagte Lale und senkte verschwörerisch die Stimme. »In konspirativer Mission …«

»Das sehe ich!« Brigitte grinste. »Bei dem Proviant. Geh doch schon mal rein. Ich muss nur kurz mit Pit Bull in die Büsche.« Sie hielt Lale die Wohnungstür auf. »Und mach es dir gemütlich. Wir sind gleich wieder da.«

Lale betrat die fremde Wohnung ihrer neuen Bekannten und schloss die Tür. Tatsächlich, die Wohnung hatte genau die gleiche Aufteilung wie ihre Wohnung, nur eben seitenverkehrt.

Sie sah sich kurz um und ging dann in das Zimmer, das offensichtlich das Wohnzimmer war. Gemütlich, stellte sie fest. Und vor allem ganz ohne Kisten.

An den Fenstern stand ein riesiger Schreibtisch mit PC, Drucker, Scanner, dem ganzen modernen Büroequipment. Außerdem lag die heutige Ausgabe der Sächsischen Zeitung aufgeschlagen auf dem Schreibtisch. Ein kurzer Blick genügte: Es war die Seite mit ihrem Foto. Eigentlich ein schönes Bild. Zwei Frauen, die richtig herzhaft lachen und gar nicht merken, dass sie dabei fotografiert werden. Das hatte etwas von umwerfender Natürlichkeit. Besonders Mandy sah einfach zum Knuddeln aus, so bunt und dann auch noch so fröhlich. Gut, der Zusammenhang war eben nicht ganz so fröhlich.

Lale riss sich vom eigenen Anblick los und platzierte Wein und Chips auf dem Tischchen neben dem großen gemütlichen Sofa. Sie ließ sich hineinfallen und sah sich im Raum um. Brigitte las offenbar gerne, denn sie besaß nicht nur eine ganze Wand voller Bücherregale, sondern die platzten auch geradezu aus allen Nähten. Etwas erleichtert stellte Lale fest, dass manche Bücher kreuz und quer in das Regal gestopft waren; auf einigen lag auch eine ansehnliche Schicht Staub. Verwundert war sie über den Aschenbecher und die Schachtel Zigaretten auf einem Stuhl in der Ecke. Sie hatte Brigitte noch gar nicht rauchen sehen. Lale schnüffelte. Es roch auch nicht nach Nikotin in der Wohnung.

Dann hörte sie Schlüssel klappern. Kurz darauf ging die Tür.

»Hallöchen, wir sind wieder da!«, rief Brigitte fröhlich, und ein ganz aufgeregter Pit Bull stürmte ins Wohnzimmer und begrüßte Lale freudig.

Brigitte war offenbar noch kurz in der Küche, denn sie kam mit zwei Weingläsern und einem Korkenzieher ins Wohnzimmer. »Soll ich noch eine Schale für die Chips …?«

»Nee, die sind für Pit Bull«, sagte Lale und warf die Tüte in die Luft. Der Hund schnappte sich die Tüte im Sprung. Dann zerlegte er grimmig seine Beute.

»Ich habe dich in der Zeitung gesehen.« Brigitte deutete mit einem Kopfnicken in Richtung Schreibtisch. »Was war denn los?«

»Ach …« Lale winkte ab. »Lachyoga.«

»Na, die Übung musst du mir mal zeigen«, schlug Brigitte grinsend vor und goss Wein in die Gläser. »Scheint ja wirklich Spaß zu machen.«

»Gerne«, bot Lale an und überlegte kurz. »Wenn du mir einen Gefallen tust … Salute!«

Pit kämpfte noch immer mit der Chipstüte. Er schleuderte sie in die Luft und sprang hinterher. Plötzlich schepperte es gewaltig. Der Stuhl in der Ecke war umgefallen.

»Pit hierher!«, schnauzte Brigitte. Pit kam mit eingeklapptem Schwanz und angelegten Ohren angekrochen. Er wurde immer langsamer, erreichte Brigitte schließlich auf dem Bauch robbend.

»Huh, hat der ein schlechtes Gewissen.« Lale stand auf, stellte den Stuhl wieder hin und sammelte Aschenbecher und Zigarettenschachtel ein. »Ich wusste gar nicht, dass du rauchst«, sagte sie.

»So ist er lieb, der kleine Pitti …« Brigitte tätschelte den Hund. »Ich rauche auch nicht. Aber Norbert, jedenfalls manchmal.« Sie gab Pit Bull einen Klaps und sofort stürzte er sich wieder auf seine Chipsbeute. »Norbert ist mein Freund«, fügte sie erklärend hinzu. »Wir sehen uns aber nur ganz selten, so jedes zweite oder dritte Wochenende.«

»Na dann, auf Norbert!« Lale prostete Brigitte zu. »Seid ihr schon lange zusammen?«

»Ein knappes Jahr vielleicht.« Brigitte schien zu überlegen. »Jedenfalls haben wir uns ungefähr vor einem Jahr kennen gelernt.«

»Und wie? Erzähl mal! So was interessiert mich immer brennend«, sagte Lale. »Seit ich mich von Pits Vater getrennt habe, frage ich mich, wie Leute über dreißig eigentlich jemanden kennen lernen sollen …«

»Also, ich weiß nicht …« Brigitte schien das Thema unangenehm zu sein.

»Bitte, erzähl doch!«, bettelte Lale. »Ich erzähle es doch nicht weiter.«

»Aber du musst mir versprechen, mich nicht auszulachen …«, verlangte Brigitte mit ernstem Gesicht.

Lale nahm noch einen Schluck Wein und nickte eifrig.

Auch Brigitte griff zum Weinglas. »Ich hatte dir doch erzählt, dass ich schon kann, wenn ich will … Also, mit den Anzeigen …« Sie trank einen kräftigen Schluck. »Also, es ist zwar illegal, Frau Kommissarin, aber ich habe Norberts Kontaktannonce einfach abgegriffen!«

Lale lachte herzhaft. »Das heißt, seine Annonce ist gar nicht erschienen?«

»Doch, natürlich!«, entgegnete Brigitte entrüstet. »Ich kann doch meinen Arbeitgeber nicht um eine Anzeige prellen!«

»Und was hast du dann gemacht?« Lale war neugierig.

»Nun ja … Der arme Norbert hatte so gar keine weiteren Zuschriften, nachdem wir uns getroffen hatten.« Brigitte kicherte verlegen. »Ich weiß, dass das nicht nett ist«, fügte sie hinzu.

»Macht ja nichts!« Lale feixte. »Wer kann es sich schon erlauben, immer nett zu sein … Oder sich an alle Vorschriften zu halten … Prost!«

Brigitte goss Wein nach und lachte. »Da bin ich aber froh, dass du das auch so siehst!«

»Apropos …« Lale zog die eng zusammengefaltete Zeitungsseite aus der Jackentasche. »Ich muss da etwas rausfinden, diskret versteht sich. Schau mal!« Lale stand auf und breitete die Seite mit den Kontaktanzeigen auf dem Schreibtisch aus. »Fällt dir daran etwas auf?«

»Klar!«, sagte Brigitte. »Das ist die Ausgabe vom letzten Samstag, steht ja hier oben.« Sie deutete auf den oberen Zeitungsrand.

»Und Kontaktanzeigen erscheinen immer nur am Wochenende, stimmt's?« Lale schaute Brigitte erwartungsvoll an.

»Stimmt genau.« Brigitte nickte. »Hier sind ein paar Anzeigen markiert … Moment … genau fünf hat sich jemand angestrichen. Ist aber alles ›Sie sucht Ihn‹.« Brigitte klang enttäuscht.

»Die sind ja auch von einem Mann herausgesucht worden«, erklärte Lale. »Erinnerst du dich, ob das Anzeigen sind, die schon mehrmals erschienen sind?«

Brigitte schüttelte skeptisch den Kopf. »Also, genau sagen kann ich das nicht … Sie sind zwar alle recht kurz, aber doch so ziemlich das übliche Blabla.«

Lale schaute sich die Anzeigen noch mal eingehend an.

»Hier!« Sie zeigte auf ein kurzes Inserat unten in der Ecke. »Hattest du nicht letztens etwas von irgendeinem Engel erzählt? Hier ist so was angestrichen!«

»Stimmt, das ist die Anzeige, die ich gemeint habe: ›Liebestoller barocker Engel sucht frechen Bengel für erotischen Höhenflug.‹ Die ist bestimmt schon zwei Mal erschienen.«

»Und wann reicht ihr dann die Zuschriften weiter?«, begehrte Lale zu wissen.

»Eigentlich sofort, sobald mehrere da sind«, sagte Brigitte. »Die meisten Leute schreiben sofort am Sonntag auf die Anzeigen. Also kommen die meisten Zuschriften am Anfang der Woche.«

»Und wer schickt die Zuschriften weiter? Du selbst?«, fragte Lale.

»Das macht meine Kollegin, die die Chiffres verwaltet ...« Brigitte sah Lale an und grinste. »Außer bei Norbert.«

»Ha, stimmt ja, du Heiratsschwindlerin«, frotzelte Lale. »Kannst du für mich herausfinden, wer hinter diesen fünf Anzeigen steckt? Besonders interessiert mich allerdings unser barocker Engel!«

»Klar, ich kann es versuchen.« Brigitte notierte sich die fünf Chiffres auf einen Zettel. »Bis wann brauchst du die Infos?«

Lale grinste zufrieden. »Spätestens bis gestern.«

Diesmal wurde Lale von Dr. Kowalski bereits erwartet. Sie drückte ihm sogleich die mitgebrachten Eierschecken in die Hand.

»Ich freue mich außerordentlich, Sie zu sehen«, sagte Kowalski und lächelte verschmitzt. »Habe ich doch alle meine Möglichkeiten voll ausgelöffelt, um ihren Erkenntnishunger zu stillen. Kommen Sie, in der Küche wartet bereits der Kaffee. Nehmen Sie doch bitte einen Platz ein. Ich hoffe, Sie sind nicht gerade wieder im Begriff, Ihren Vorgesetzten zu versetzen.«

»Nein, nein«, wehrte Lale ab. »Nach dem gestrigen Tag konnte ich Gerste davon überzeugen, seinen geradezu wahnhaften Anspruch an feste Besprechungszeiten vorübergehend zu unterdrücken. Haben Sie mitbekommen, was gestern am Großen Garten los war?«

Der Pathologe nickte. »Ich habe es im Radio gehört und konnte diese eigentlich übliche Fahrtroute großzügig umgehen.

Mal abgesehen von unserem sportlich verblichenen Toten … Kamen denn viele Menschen zu großem Schaden?« Kowalski platzierte den Teller mit dem Kuchen auf dem Tisch.

»So weit mir bekannt ist, lief es noch mal glimpflich ab«, sagte Lale und nippte an ihrem Kaffee. »Die ernsthafteren Verletzungen haben wohl nur die Fahrzeuge davongetragen. Ich denke, wir erfahren die Einzelheiten heute im Laufe des Tages.«

Kowalski biss genüsslich in ein Stück Kuchen. »Unsere ersten Vergiftungen haben sich bei den beiden weiteren Opfern bestätigt, wie Sie wissen.« Er schmatzte. »Nur der Herr aus dem Restaurant … Er war Diabetiker mit einer sehr diffizilen Bauchspeicheldrüse. Er muss sich das Gift selbst verabreicht haben. Seine Bauchdecke weist eine Verätzung auf.«

»Sie meinen, er hat sich Arsen statt Insulin gespritzt?«, fragte Lale.

»Gewiss doch, und in einer wenig geringen Dosis.« Kowalski schluckte. »Er dürfte binnen weniger Stunden verstorben sein.«

Lale biss nachdenklich in ein Stück Kuchen. »Haben Sie sich den Skater schon angesehen?«

Der Pathologe nickte. »Ich wage die Vermutung, dass dieser Mann ins Koma gefallen ist und kurz darauf sein Leben aushauchte.«

»Was? Man hätte noch etwas unternehmen können?«, rief Lale entsetzt. Sie sah Kowalski an. »Das ist ja grauenhaft …«

Der Pathologe schüttelte jedoch nur den Kopf. »Soweit ich das zum derzeitigen Moment beurteilen kann, sind die äußeren Verletzungen – zahlreiche Rippenbrüche und schwere Prellungen – allesamt erst nach seinem Ableben eingetreten. Sehen Sie …« Er drückte mit seinem langen Zeigefinger auf die weiche Oberfläche der Eierschecke. Es entstand eine kleine Beule im Kuchen. »Blutergüsse verhalten sich anders auf dem lebendigen Körper.«

Lale atmete tief durch. »Und ich dachte schon, ausgerechnet wir hätten ihm quasi den Rest gegeben!« Sie runzelte die Stirn. »Allerdings sind wir so keinen Schritt weiter.«

»Oh, ich habe Ihnen da noch ein paar Informationen herausgesucht, die vielleicht interessant werden könnten im Zuge Ihrer Ermittlungsstrategien. Arsen war nämlich nicht nur immer schon ein Elixier der Literatur. Im 18. Jahrhundert war es ein besonders beliebtes Mordinstrument. In Italien wurde es gar als ›Schönheitselixier‹ verkauft, an Damen, die unauffällig und etwas beschleunigt ihren Gatten beerben wollten. Außerdem gab es eine so genannte ›Fowlersche Lösung‹, die als Heilwasser und auch Aphrodisiakum verabreicht wurde.« Er grinste schelmisch. »Welcher Mann wollte seiner Gattin etwas Arges unterstellen, wenn sie ihn zu einer üppigeren Dosis Aphrodisiakum drängte …«

Lale dachte kurz nach. »Da ist etwas dran …«

Der Pathologe erhob sich. »Denken Sie daran, dass viele Männer doch zu schlichteren Gedanken neigen. Da hat sich seit dem 18. Jahrhundert zumindest in intimeren Lebensbereichen nicht viel geändert, wie ich zu befürchten habe.«

»Ich will Sie nicht länger aufhalten«, sagte Lale lächelnd. »Dr. Kowalski, ich denke, Sie haben mir sehr geholfen. Einen schönen Tag wünsche ich Ihnen.«

Als Lale in die Polizeidirektion kam, staunte sie nicht schlecht. Vor den Büros der Mordkommission standen und saßen Frauen, allesamt mit langen roten Haaren und in mehr oder weniger aufreizender Garderobe mit entsprechender Kriegsbemalung. An Krokos Tür prangte ein handgemalter Zettel: »SoKo Arsehn.«

Lale klopfte an Krokos Tür und trat ein. Vor seinem Schreibtisch saß eine weitere rothaarige Dame und rauchte eine Zigarette, offenbar mit Mint-Aroma. Sie musterte Lale von oben bis unten.

»Darf ich mal?«, fragte Lale und fischte einen dicken Filzstift vom Schreibtisch des verdutzten Kollegen. Sie ging zur Tür, machte ein dickes Kreuz durch das H in »Arsehn« und legte den Stift zurück auf Krokos Schreibtisch. »Nicht, dass es hier wieder zum Lachyoga kommt.« Lale grinste. »Also, weitermachen!«

Dann ging sie schnurstracks in ihr Büro. Mandy saß an ihrem Schreibtisch und hackte wie besessen auf ihre Tastatur ein. Sie blickte nicht einmal auf.

»Was ist denn hier los?«, flötete Lale fröhlich. »Haben wir ein Casting für die nächste Hexenverbrennung?«

»Hmh? Was?« Mandy schien aus fernen Welten zurückzukehren.

Lale nutzte die Gelegenheit, um die Zeitungsseite mit den Kontaktanzeigen unbemerkt in eine leere Klarsichthülle zu stecken. Dann schob sie das Ganze zwischen die Papiere und Mappen auf ihrem Schreibtisch. Unordnung hatte ihre Vorteile.

»Was machen denn die ganzen Ladys da draußen bei Klein Kroko?«, fragte Lale belustigt.

»Ach, hören Sie bloß auf«, nörgelte Mandy. »Das Phantombild… Jetzt macht sich hier alles wichtig, was irgendwann mal rote Haarfarbe im Schrank hatte. Und nichts Vernünftiges dabei! Aber ich muss den ganzen Blödsinn tippen, damit die dann ihre drei Kreuze drunter machen!« Sie seufzte. »Wenn Sie mich fragen … Das ist reine Beschäftigungstherapie.«

Lale fischte die Engel-Dose aus der Schublade. »Kekse?«

»Au ja, meine Wochenration ist schon alle«, sagte Mandy. »Was spricht denn Onkel Kowalski?«

»Nichts wirklich Neues.« Lale zuckte die Achseln. »Wieso Onkel? Sind Sie verwandt mit ihm?«

»Nicht direkt. Er ist nur ein Nenn-Onkel«, erklärte Mandy. »Er hat früher mit meinem Opa gekegelt.«

»Sie kennen aber auch wirklich Gott und die Welt!« Lale nahm sich einen Keks. »Würde mich nicht wundern, wenn Sie auch unseren Täter …«

In diesem Moment klingelte Lales Handy. »Petersen.«

»Lale? Brigitte hier! Hast du einen Moment Zeit? Ich könnte hier mal für ein halbes Stündchen weg.«

»Sicher. Wollen wir uns treffen?« Lale war neugierig. »Wo?«

»Wie wäre es mit dem Kronentor?«, fragte Brigitte.

»Wo ist das?« Lale wollte ganz sicher gehen.

»Gehört zum Zwinger. Es ist das Tor, das in Richtung Postplatz liegt. Bist du im Büro?«

»Ja bin ich«, sagte Lale.

»Gut«, sagte Brigitte. »Dann gehst du einfach die Einkaufsstraße, die Wilsdruffer entlang, immer geradeaus, am Kulturpalast vorbei, und am Postplatz hältst du dich ein bisschen rechts.«

»In Ordnung. Ich bin in zehn Minuten da!«

Lale sprang auf. Sie sah Mandys erstauntes Gesicht. »Ich bin dann mal kurz weg«, sagte Lale. »Wenn ich in einer Stunde noch nicht zurück bin, rufen Sie mich bitte auf dem Handy an!«

»Warum das?«, fragte Mandy verwundert.

Lale verließ lachend das Büro. »Weil ich mich dann verlaufen habe!«

Brigitte hatte einen langen Mantel an und den Kragen hochgestellt. Außerdem trug sie eine Sonnenbrille. Lale schmunzelte. Ohne dieses auffällige Agenten-Outfit hätte sie sie vermutlich gar nicht erkannt.

»Und was hast du?«, fragte Lale.

Brigitte flüsterte. »Also, von den fünf Annoncen sind nur zwei mehrmals erschienen. Eine ist für ein halbes Jahr gebucht, hat aber einen eher belanglosen Text.« Sie blickte nervös um sich. »Aber – halt dich fest! – unser ›Barocker Engel‹ ist für vier Samstage gebucht. Die letzten beiden und die kommenden beiden Wochenenden.«

Lale stieß einen leisen Pfiff aus. »Und?«

»Nun, was mich stutzig gemacht hat …« Brigitte zupfte an ihrem Mantelkragen. »Der ›Engel‹ hat nur ein Postfach als Zuschriftenadresse. Hier.« Sie steckte ihr einen Zettel zu.

»Und die Bezahlung?«, fragte Lale. »Gibt es keine Bankverbindung oder so was?«

»Nein.« Brigitte machte ein unglückliches Gesicht. »Es wurde sofort bar bezahlt, direkt unten in der Geschäftsstelle.«

»Von wem?« Lale flüsterte jetzt auch.

»Wusste keiner mehr«, sagte Brigitte. »Tut mir Leid. Aber ich konnte nicht noch mehr herumfragen. Fällt irgendwann auf …« Dann hellte sich ihre Miene sichtbar auf. »Moment, die hätte ich ja beinahe vergessen!« Sie zog mehrere Kuverts aus der Tasche. »Heute Morgen kamen noch ein paar Zuschriften, die habe ich dabei!«

»Ganz große Klasse!« Lale schnappte sich die Briefe. Dann überlegte sie kurz. »Gibt es eine Möglichkeit, an frühere Absenderadressen heranzukommen?«

Brigitte schüttelte den Kopf. »Wir schicken das nur weiter.«

Lale runzelte die Stirn und steckte die Briefe in ihre Jackentasche.

Brigitte sah sich kurz um. »Also wohl ist mir bei der Sache nicht …«

»Wem ist schon wohl bei so viel Gift …« Lale klopfte Brigitte beschwichtigend auf die Schulter. »Also, vielen Dank für deine Kooperation. Du hast was gut bei mir!«

Lale wandte sich bereits zum Gehen, als Brigitte sie am Ärmel zurückhielt. »Lale …«

»Ja?« Lale drehte sich um.

»Du könntest mir wirklich einen Gefallen tun …« Brigitte grinste schief. »Könntest du am Wochenende vielleicht Pit Bull in deine Obhut nehmen?« Mit der rechten Schuhspitze scharrte sie ein kleines Loch in den sandigen Zwingerboden. »Weißt du, Norbert kommt dieses Wochenende, na ja, und Pittiplatsch kann ihn nicht leiden, und da wäre es eindeutig stressfreier …«

»Kein Problem«, sagte Lale.

Als Lale ins Kommissariat zurückkam, kochte Mandy gerade Kaffee in ihrem Bürodschungel. Lale warf beschwingt die Briefe auf den Papierberg ihres Schreibtisches.

»Sie haben aber gute Laune, Frau Petersen!«, rief Mandy und krabbelte aus dem Grünzeug hervor.

»Lale und du«, sagte Lale und setzte hinzu: »Wenn du jetzt sofort eine enorm wichtige Angelegenheit erledigst!«

»Geht klar!« Mandy strahlte über ihr ganzes pausbäckiges Gesicht.

»Hör zu, du fährst jetzt in die Wohnungen unserer Opfer«, sagte Lale.

»Aber da war doch schon Kroko …« Mandy zwinkerte verwirrt.

»Ja, aber der konnte gar nicht wissen, was wir eigentlich hätten suchen müssen oder jetzt suchen sollten!« Lale grinste triumphierend. »Außerdem will ich das nicht an die große Glocke hängen, verstehst du?«

»Völlig. Kein allgemeines Bimbam.« Mandy schmunzelte. »Und wonach suchen wir?«

Lale ließ sich auf den Schreibtischstuhl fallen. »Nach alten Zeitungen, besonders die Wochenendausgaben der Sächsischen …«

»Die Kontaktanzeigen!«, rief Mandy.

»Genau«, sagte Lale. »Und außerdem nach Briefen oder Briefentwürfen. Durchkämm einfach Schreibtische und Papierkörbe. Ich brauche alles, was darauf hinweist, dass unsere Opfer in den letzten Wochen Kontaktanzeigen beantwortet haben, Blind Dates verabredet haben … Eben alles in der Art.«

»In welcher Reihenfolge soll ich denn vorgehen?«, fragte Mandy. »Soll ich mit dem Italiener anfangen?«

Lale überlegte kurz. »Nee. Es muss schnell gehen! Nimm also erst mal die Wohnungen in der Nähe. Wenn du bei drei von den Typen etwas Passendes findest, reicht das.«

»Und wenn ich etwas habe, rufe ich Sie …« Mandy grinste. »Rufe ich dich gleich an.«

»Genau so«, sagte Lale, doch Mandy hatte die Tür bereits schwungvoll hinter sich geschlossen. Lale schenkte sich eine Tasse Kaffee ein und machte es sich mit den fremden Briefen am Schreibtisch gemütlich. Kopfschüttelnd las sie die mehr oder weniger kühnen Behauptungen der angehenden Liebhaber.

»Mein teures Engelchen … gemeinsam über den Wolken schweben … Blabla … der Reiz des Augenblicks … in ungeahnte Höhen und Tiefen … gemeinsam verschmelzen … Blabla … Dein Erz-Bengel Uriel.« Lale kicherte.

Besonderen Mut bewies ein ›Raffael‹, der in halsbrecherischer Orthografie von »anonümen Liebesabendteuern« schwärmte. Der Name war mit Sicherheit falsch.

Gerade war Lale bei »devoter Devil sucht Domina« angekommen, als es energisch an ihrer Bürotür klopfte und kurz darauf Gerste seinen Bürstenkopf durch die Tür steckte. Schnell schob Lale ihre anregende Lektüre zwischen die Papiere auf dem Schreibtisch und kramte betont beschäftigt darauf herum.

»Ah, Frau Petersen, Sie werden ja richtig häuslich«, sagte Gerste ohne jede besondere Betonung.

Lale sah kurz auf und nickte. »Mmh, viel liegen geblieben in den letzten Tagen.« Sie schob ein paar Zettel von rechts nach links.

»Na, wie ich sehe, haben Sie genug Papierkram.« Gerstes Gesicht nahm einen jovialen Ausdruck an. »Dann werde ich mich mal selbst um die Auswertung der Zeugenaussagen kümmern. Also, wenn etwas ist, ich bin nebenan.«

Ebenso schnell wie er erschienen war verschwand Gerste wieder hinter der Bürotür. Lale atmete auf und kramte die Briefe erneut hervor.

Der ›devote Devil‹ bot sich an als ›orgiastisches Organon‹.

Lale biss sich auf die Unterlippe. Der Typ hatte offenbar wahllos aus einem erotischen Handbuch geklaut. Er klang selbst wie ein höchst psychopathischer Serienkiller. Angewidert legte Lale den Brief zur Seite.

Prompt klingelte ihr Dienstapparat. »Petersen.«

»Ich bin's, die Mandy.« Es rauschte in der Leitung.

»Und? Wie sieht's aus?« Lale sprang auf.

»Nu, also bei dem Werbemenschen war nischt«, nuschelte Mandy.

»Egal. Der hatte den Kram ja auch bei sich.« Lale war ungeduldig. »Was ist mit den anderen?«

»Volltreffer war der Immobilien-Wessi«, sagte Mandy. »Der hat haufenweise Anzeigen unter seiner Schreibtischunterlage. Auch die vom barocken Engel. Die meisten waren allerdings von irgendwelchen Nutten …«

»Mandy, das heißt ›Huren‹!«, ermahnte Lale sie. »Diese Frauen bezeichnen sich selbst als ›Huren‹.«

»Meinetwegen«, sagte Mandy. »Sie wissen das bestimmt besser, von der Reeperbahn und so … Jetzt stehe ich gerade direkt vor dem Appartement von dem dicken Italiener … Moment, ich gehe jetzt rein. Bleiben Sie dran!«

»Du!«, rief Lale und setzte sich wieder.

»Nu, klar, ich bleib auch dran!« Man hörte Geraschel im Hintergrund.

Lale wurde ganz kribbelig zumute. Ihre Finger umklammerten den Telefonhörer kräftiger.

Dann stieß Mandy einen gedehnten Pfiff aus. »Nu, isch geh kabudd … lauter nacksche Weiber!«

»Wie?« Lale sprang erneut auf.

»Im Schrank, lauter nackte Kirschen«, erklärte Mandy. »Schmuddelhefte, Filme und so ein Buch … huch!« Es klapperte.

»Was denn für ein Buch?«, begehrte Lale zu wissen.

»Ein Notizbuch, Moment«, sagte Mandy. »Ist mir gerade runtergefallen. Hoppla, da haben wir ja auch ein Stück Zeitung … Ha! ›Liebestoller barocker Engel sucht …‹«

»Strike!«, rief Lale. »Mehr brauche ich nicht! Mandy, zurück ins Büro!«

Lale warf triumphierend den Hörer auf die Gabel. Dann schnappte sie sich einen weiteren Brief.

»Erotische Höhenflüge sind mein Spezialgebiet ... bin Pilot... Treue und Ehrlichkeit sind nicht mein Spezialgebiet ... bin ein ganzer Kerl ...« Lale grinste und murmelte »ekelhaft ehrliches Ekel«. »Du bist üppig ... Blabla ... liebst meinen kleinen großen Macho ... Dann bin ich dein Bengel, mein Engel ...« Unterschrieben war das Ganze mit »Norbert«. Wie in den drei anderen Briefen, war eine Handynummer angegeben.

Am Kopierer traf Lale auf Kroko, der damit beschäftigt war, Stapel aus hellblauen, gelben, hellgrünen und rosa Zetteln zu sortieren.

»Oh, Sie machen Kopien ...« Lale biss sich auf die Lippe.

Kroko strahlte sie bewundernd an. »Woher wissen ...«

»Kroko!« Lales Stimmlage klang drohend.

»Ach so, ja.« Kroko lächelte verlegen in seine Papiere. »Ich kopiere mir meine Notizen, damit ich sie abheften kann.«

»Moment!« Lale schüttelte ungläubig den Kopf. »Sie heften Ihre Notizen ab?«

»Nein«, erklärte Kroko beflissen. »Ich kopiere meine Notizen. Und dann hefte ich die Kopien ab.«

Lale zog die Augenbrauen hoch. »Soso. Und dann noch schön farbig, damit es nicht so langweilig wird beim Schmökern ...«

Kroko blickte sie verständnislos an. »Nein«, erklärte er freundlich. »Schauen Sie: Hellblau ist für Montag, Gelb ist für Dienstag ...«

»Lassen Sie mich raten! Grün ist für Mittwoch, und den Donnerstag ziert ein zartes Rosé.« Lales Zwerchfell zuckte bereits wieder bedenklich.

»Sie sind wirklich unglaublich schnell im Kopf«, sagte Kroko voller Anerkennung.

»Und was ist mit den Freitagen und den Wochenenden?« Lale grinste breit.

»Freitags ist Grau dran«, sagte Kroko todernst und schichtete seine Papierstapel genau auf Kante. »Und an den Wochenenden muss ich eben auf Weiß ausweichen.«

»Oje, das gibt ja ein totales Samstag-Sonntag-Durcheinander!« Lale konnte sich das Lachen nur schwer verkneifen. »Aber Kroko, wenn Sie so gut in diesem ganzen Papierkram sind, könnten Sie mir einen Gefallen tun ...«

»Sicher gerne.« Kroko nahm seinen farbigen Papierstapel liebevoll in den Arm. »Worum geht's?«

»Ich brauche vier kleine Briefkuverts, alle neutral und möglichst in unterschiedlicher Ausführung«, sagte Lale. »Ach ja, und dann noch einen großen Umschlag, auch neutral.«

»Gängige B-Reihe, oder doch besser C-Format? Mit oder ohne Fenster? Gummiert oder mit Klebestreifen?« Kroko schien voll in seinem Element.

Lale starrte ihn an. »Ich dachte eigentlich an Umschläge. Klein, einer etwas länger, der andere etwas kürzer, vielleicht auch etwas in diesem grauen Altpapier ... Und so einen großen braunen. Stinknormale Umschläge eben!«

»Gut, ich stelle Ihnen mal eine Auswahl zusammen«, versprach Kroko lächelnd und verschwand mit seinem Papierberg.

»Was für ein Korinthenkacker ...«, murmelte Lale als sie die Briefe auf den Kopierer legte. Sie musste unwillkürlich schmunzeln, denn die Kopien, die das Gerät ausspuckte waren grau. Klar, morgen war ja Freitag.

Während Mandy Kroko mit frischem Kaffee und leckeren Keksen versorgte und dieser sich mit eindeutig ungenormten Lautbildungen den Wellensittichen Gräfin Cosel und August dem Starken widmete, beschriftete Lale sorgfältig und mit unterschiedlichen Stiften in variierenden Schriftbildern vier Briefumschläge mit der Zeitungsadresse und der Chiffrenummer. Dann tütete sie vorsichtig die Originale ein und bugsierte alle vier Briefe in den mit dem Postfachkürzel versehenen Umschlag.

Die noch ungeöffneten Zuschriften des »barocken Engels« ließ sie erstmal in ihrer Schreibtischschublade neben der Dienstwaffe verschwinden.

»Ist euch eigentlich heute etwas aufgefallen?«, fragte Kroko und wandte sich von den Sittichen ab. »Wir haben schon bald Dienstschluss und immer noch keine neue Leiche. Ich glaube, ich mache heute mal früher Feierabend.«

»Das glaube ich nicht!«, sagte Lale. »Ich habe hier nämlich noch etwas für Sie.« Sie reichte ihm das braune Kuvert. »Das hier muss so schnell wie möglich zur Post. Außerdem muss ich wissen, wem dieses Postfach gehört.«

»Wie?« Kroko staunte. »Sie verschicken einen ganzen Stapel Briefe und wissen gar nicht, an wen?«

»So ist es. Und genau das hätte ich gerne heute noch gewusst!« Lale versuchte es mit einem verbindlichen Lächeln. »Aber so wie ich Sie kenne, finden Sie das schnell und überaus diskret für mich heraus, oder?!«

»Sie können sich hundertprozentig auf mich verlassen, Frau Petersen!« Kroko machte sich diensteifrig an die Arbeit.

Mandy kicherte über den grauen Kopien. »Diese Typen sind echt voll krass!« Sie fächelte sich mit dem »devoten Devil« Büroluft zu. »Den finde ich besonders schräg!«

»Du darfst dir sogar zwei davon aussuchen«, versprach Lale. »Sag an, welche willst du?«

»Na, unbedingt den ›devoten Devil‹ und …« Mandy überflog die Briefkopien erneut. »Und den mit der kranken Rechtschreibung.«

»Gut«, sagte Lale und grinste breit. »Dann nehme ich den Erz-Bengel Uriel und den Piloten!«

So, geschafft. Lale zurrte mit der Schere das letzte Geschenkband zu einer langen glänzenden Locke. Anstatt endlich einige ihrer Kisten auszupacken, hatte sie Geschenke für Pits Geburtstag eingepackt. Sie stand auf, um einen der leeren Umzugskartons aus Pits Zimmer zu holen und staunte erneut über das Zimmer ihres sonst so chaotischen Sprösslings. Es war in einem unglaublich übersichtlichen Zustand. Vorsichtig näherte sie sich dem fast leeren Schreibtisch. Dort lag nur ein Stapel Bücher. Lale sah die Titel durch: »August der Starke und die Frauen«, »Das Leben der Anna Constantia von Brockdorff«, »Frauenidentität im Deutschen Barock« … Pit mutierte offenbar zum Musterschüler.

Im Wohnzimmer stopfte Lale ein Geschenk nach dem anderen in den leeren Karton und stellte ihn zu den anderen in die Ecke. Hier würde er bis Samstag unentdeckt bleiben. Immerhin fiel ein weiterer Karton in ihrem improvisierten Wohnzimmer kein bisschen auf.

Lale warf einen Blick auf die Uhr. Fast acht Uhr. Wo blieb Pit nur?

Das Handy! Vielleicht hatte Pit versucht sie anzurufen, und

sie hatte es nicht bemerkt. Sie nestelte das Handy aus ihrer Handtasche. Das Display war tot. Mist. Akku leer.

Lale steckte das Telefon an den Anschluss, der lustlos an einem Kabel aus der Steckdose baumelte. Das Gerät gab ein zufriedenes Piepsen von sich. Sie holte sich einen Saft aus der Küche und griff zur Zeitung, die sie beim Nachhausekommen auf ihrer Fußmatte gefunden hatte. Vermutlich hatte Brigitte sie dort platziert. Nett von ihr …

Natürlich, auf Seite 15 prangte groß und in Farbe ein Bild vom Verkehrschaos am Vortag! »Toter Inline-Skater rast in Feierabendverkehr« … »20 Verletzte – fast 1 Million Sachschaden«. Lales Blick wanderte über die Zeitungsseite. Heute gab es nicht einmal mehr einen Kommentar zum Thema. Den Redakteuren fiel zu diesem Leichenboom offenbar auch nichts mehr ein. Das Foto allerdings präsentierte das ganze Durcheinander in weitaus größeren Ausmaßen als Lale es selbst vor Ort erlebt hatte. Sie betrachtete eingehend das Bild. Es musste gemacht worden sein, bevor sie mit Kroko dort eingetroffen war. Nur im hinteren Teil des Bildes war vage ein nahender RTW erkennbar. Und auch der erste Streifenwagen schien gerade erst einzutreffen. Lale suchte das Foto nach ihren Kollegen ab. Dort, wo der Tote gestrauchelt war, direkt an dem Grünstreifen hatte Mandy gestanden. Doch auf diesem Bild war sie noch nicht zu sehen. Stattdessen stand dort eine Frau … Lale hielt die Zeitung näher vors Gesicht. Doch, es musste eine Frau sein … Warum kam sie ihr nur so bekannt vor? Wo hatte sie diese Frau schon einmal gesehen? Lale runzelte die Stirn. Das Gesicht konnte man gar nicht erkennen, aber … genau, die Haare! Sie waren lang und rot. Natürlich, diese Frau war ihr nicht nur einmal, sondern gleich mehrfach begegnet - heute Morgen im Kommissariat. Der ganze Flur war voll von solchen Frauen gewesen. Seltsamer Zufall … Oder auch nicht! Lale nahm einen Schluck Saft.

Wo Pit nur blieb? Lale warf erneut einen Blick auf ihre Uhr. Es war immer noch vor Acht. Das konnte doch gar nicht sein. Sie schaltete den Fernseher ein. Die Nachrichten waren bereits vorbei. Offenbar war ihre Uhr stehen geblieben. Hatte Pit gesagt, dass er später kommen würde und sie hatte es nicht mitbekommen?

»Wenn Sie etwas Verdächtiges beobachtet haben oder einen der Entführer erkennen, wenden Sie sich bitte an die nächste Polizeidienststelle« … Lale zuckte zusammen, als zwei finstere Männergesichter auf der Mattscheibe erschienen. Ausgerechnet Aktenzeichen XY. Das fehlte ihr gerade noch. Sie drückte energisch den Off-Knopf der Fernbedienung. Immerhin wusste sie jetzt, dass es bereits weit nach acht Uhr sein musste.

Lale wollte gerade aufstehen, als sie Geräusche im Treppenhaus hörte. Sie hielt in ihrer Bewegung inne. Da waren Schritte und Stimmen. Hatte Pit vielleicht jemanden mitgebracht? Mit wenigen Sätzen war sie im Flur und an der Wohnungstür. Als sie die Tür aufriss, stand jedoch nicht Pit vor ihr, sondern zwei unbekannte Frauen. Sie grüßten freundlich und setzten ihren Weg ins Obergeschoss fort.

Unruhig begann Lale auf und ab zu gehen. Was hatte Pit gesagt? – Stimmt, die AG, Geschichte. Er hatte am Nachmittag Geschichte-AG. Aber jetzt war es Abend.

Sie wandte sich erneut der Zeitung zu. Eine Rothaarige in diesem Restaurant … Eine Rothaarige bei dem toten Skater … Nun ja, der Zeuginnenauflauf am Vormittag hatte ja deutlich gezeigt, wie viele Frauen mit langen roten Haaren durch den Alltag gingen. Warum also nicht auch durch den Feierabendverkehr am Rande einer Massenkarambolage?

Das Handy klingelte und Lale griff hastig danach. »Pit! Wo bist du?!«

»Ich bin zu Hause.« Die Männerstimme klang verwundert. »Hallo? Frau Petersen?«

Lale seufzte. Es war Kroko. »Am Apparat.«

»Ich versuche seit Stunden Sie zu erreichen!« Krokos Stimme klang vorwurfsvoll. »Wo stecken Sie denn?«

»Mein Handy war tot«, erklärte Lale. »Was ist passiert? Wieder eine Leiche?«

»Nein«, sagte Kroko. »Nicht dass ich wüsste. Oder?«

»Ich weiß es auch nicht.« Lale schüttelte verwirrt den Kopf. »Warum rufen Sie denn an?«

»Das Postfach …« Krokos Stimme wurde etwas leiser, offenbar kramte er zwischen seinen zahlreichen Notizen. »Es gehört einem gewissen Willi Fiedler …«

»Moment, das muss ich mir mal notieren«, sagte Lale und

kramte in ihrer Tasche, als sie endlich den Schlüssel im Schloss der Wohnungstür hörte. Erleichtert ließ Lale sich auf die Couch fallen. »Kroko? Was war das? Fidel Wittler …«

»Willi Fiedler!«, sagte Kroko mit Nachdruck.

»Und was wissen wir über den?« Lale nickte Pit zu, der jetzt mit genervtem Gesichtsausdruck das Wohnzimmer betrat.

»Nichts wissen wir über ihn«, erklärte Kroko. »Nur, dass er ein Fach im Postamt an der Gerokstraße gemietet hat … seit – Moment! – seit über fünf Jahren. Es ist jedoch unter falscher Adresse angemeldet. Im Telefonbuch steht er auch nicht.«

»Ist ja nicht viel«, meinte Lale und lächelte Pit an, der gerade nach ihrem Saftglas griff. »Gut, Kroko. Dann kümmern Sie sich morgen gleich als Erstes um diesen Fidel-Knaben … Einwohnermeldeamt und so. Ach, und dieses Postamt …« Lale überlegte kurz. »Wenn alle Stricke reißen, beschatten Sie das Postfach. Irgendwann muss er ja auftauchen, um seine Post abzuholen!«

»Geht klar, Frau Petersen!« Kroko zögerte einen Moment lang. »Ist doch komisch, oder? Ich meine, dass wir heute noch gar keine Leiche hatten …«

»Was nicht ist, kann ja noch werden«, sagte Lale. »Bis denn dann.«

»Scheiße, Scheiße, Oberscheiße«, schimpfte Pit los, sobald Lale das Handy zur Seite legte.

»Was sind denn das für Ausdrücke!« Lale grinste. »Ist doch die ganze Bildung im Popo … Also, Großer, was war los?«

»Linie 83«, knurrte Pit. »ÖPNV war los … ›Kein Problem, nimm einfach Linie 83, und wenn du über die Brücke drüber bist, siehst du es schon!‹«

»Und?«, begehrte Lale zu erfahren.

»Nichts habe ich gesehen … bzw. alles Mögliche habe ich gesehen!«, grollte Pit. »Irgendwann kam mir das dann komisch vor, also bin ich raus und rein in den nächsten Bus und komme an irgend so einem Knäckebrot-Platz raus. Da habe ich dann jemanden gefragt, der meinte, ich müsse zum Straßburger Platz und in die Straßenbahnlinie 4 umsteigen …«

Lale sah ihn stirnrunzelnd an. »Ja, und dann?«

»Na, das habe ich gemacht.« Pit grummelte. »Aber da bin ich dann wohl in die falsche Richtung eingestiegen … Jedenfalls war ich irgendwann wieder auf der anderen Elbseite und wusste nun überhaupt nicht mehr, wo es lang geht.«

»Und warum hast du nicht angerufen?«, fragte Lale erstaunt.

»Oh, das habe ich, liebes Muttertier!« Pit zog eine Grimasse. »Aber du gehst ja nicht ans Telefon!«

Lale schluckte schuldbewusst.

»Und als ich nicht mehr auf der falschen Elbseite oder auf der falschen Seite des Großen Gartens oder sonst irgendeiner falschen Seite rauskam«, schimpfte Pit weiter. »Als ich also endlich einigermaßen Peilung hatte, kommt kurz vor meiner Haltestelle einer von den Kontrollettis an und meint, meine Fahrkarte sei seit einer Stunde ungültig!«

»Jedenfalls bin ich froh, dass du heile wieder zu Hause bist!« Lale tätschelte Pit beschwichtigend den Arm. »Wo warst du denn überhaupt?«

»Wir waren mit der AG draußen in Schloss Pillnitz«, erklärte Pit und grinste schief. »War auch echt gut! Aber diese Rückfahrt war der Oberhammer.«

Lale lehnte sich zurück. »Hat sich der ganze Stress denn gelohnt?« Sie warf den Kopf in den Nacken.

»Logo.« Pits gute Laune war offenbar wiederhergestellt. »Wusstest du, dass August der Starke der Gräfin Cosel das Schloss geschenkt hat?«

Lale schüttelte den Kopf. »Nö. Woher?«

»Erst hat er es ihr geschenkt und dann wurde sie dahin ausquartiert!« Pits Stimme krächzte empört. »Und das alles nur, weil er es plötzlich zu stressig fand, sich mit einer ihm überlegenen Frau auseinander zu setzen.«

»Hört, hört!« Lale lachte leise. »Hat deine Mutter wohl doch nicht alles falsch gemacht bei deiner Erziehung.«

»Sie musste sogar vor ihrem Ex-Lover, also vor August flüchten. Als ob es nicht schon genug wäre, dass er sie mit drei Kindern hat sitzen lassen!« In Pits Augen loderte die Flamme der Empörung. »Und dann hat die arme Gräfin fast 50 Jahre lang in der Verbannung auf einer Burg hier in der Nähe gelebt. Das muss man sich mal reinziehen: 50 Jahre!«

Lale gähnte verhalten »Tja, es herrschten halt andere Sitten im Mittelalter.«

»Aber Mama! Das war doch nicht im Mittelalter«, krächzte

Pit in abfälligem Ton. »August hat die Gräfin erst Anfang des 18. Jahrhunderts abserviert.«

»Ach, doch erst so spät ...« Lale fielen die Augen zu.

»So, und was machen wir nun hier?« Lale sah Gerste von der Seite an.

»Ermitteln«, sagte Gerste und parkte den Wagen vorschriftsgemäß. »Kommen Sie.«

Sie stiegen aus.

»Da entlang.« Gerste wies mit einer Armbewegung den Weg. »Ich zeige Ihnen jetzt den Park von Schloss Pillnitz.«

»Aha. Und wozu?« Lale fröstelte trotz ihres Mantels in der kühlen Morgenluft.

»Sie lernen Dresden und Umgebung kennen«, meinte Gerste.

»Hallo Baum, ich bin die Lale ...« Sie streichelte einen Baumstamm.

»Sie machen sich über mich lustig«, stellte Gerste ohne bemerkbare Regung fest.

»Hallo Gebüsch, ich bin Hauptkommissarin Petersen ...« Lale deutete eine Verbeugung an. »Ich jage einen Mörder. Und das da ist mein Chef, der jagt zwei Mörder ...«

»Halten Sie doch endlich mal die Klappe!«, entfuhr es Gerste ungewohnt temperamentvoll. »Sie sind ja schlimmer als Mandy.«

Während sie weiter durch den Park schlenderten, beobachtete Lale ihren Chef aufmerksam.

»Warum gucken Sie mich so an, Frau Petersen?«, fragte er, den Blick streng geradeaus gerichtet.

»Sie reden immer von Klarheit und Transparenz«, erwiderte sie. »Mir ist das hier schleierhaft.«

»Also gut.« Gerste senkte die Stimme. »Man hat hier heute Morgen eine Leiche gefunden. Wir haben vorhin einen Anruf bekommen.«

»Vom Mörder?«, fragte Lale.

»Vom Gärtner«, sagte Gerste.

Lale sah sich um. »Gibt es hier auch Bonsais?«

Gerste zuckte die Achseln. »Warum?«

»Das kommt mir alles eher chinesisch vor als barock.« Lale drehte sich einmal um ihre eigene Achse. »Aber originell, mal etwas anderes.«

»Es war wohl irgendeine asiatische Architekturmode.« Gerste schien zu überlegen. »Ich kenne Pillnitz eigentlich nur in dem Zusammenhang zwischen August und Gräfin Cosel.«

»Gibt es in Dresden denn irgendeinen anderen Zusammenhang?«, entfuhr es Lale prompt.

Gerste schmunzelte. Einige Augenblicke lang liefen sie schweigend nebeneinander her.

Lale ließ die bisherigen Fundorte der Opfer vor ihrem geistigen Auge Revue passieren. Der Tote im Zwinger war in einem Brunnen gelandet, der Stadtführer war auf einer Elbbrücke zusammengeklappt, die Indoor-Leichen waren jeweils in einem Palais gefunden worden und der tote Skater musste laut Mandy um einen Palaisteich gefahren sein.

Ein Mann in grüner Steppjacke und Gummistiefeln kam auf sie zu. »Sind Sie von der Polizei?«, fragte er und reichte ihnen die Hand.

»Sieht man das?« Lale musterte ihn.

»Nu, wer läuft hier sonst in aller Herrgottsfrühe herum!« Er lächelte. »Außer uns Gärtnern.« Dann schien er sich an den Grund ihrer Begegnung zu erinnern. »Ich habe Sie angerufen, kommen Sie! Wir müssen dort hinüber, zum Wasserpalais.«

»Also doch wieder feuchtfröhliches Barock«, murmelte Lale und folgte mit Gerste dem Mann. Er war schnell, obwohl er leicht hinkte. Sie gingen um einen Seitenflügel des Palais herum bis eine Eisenkette den Durchgang versperrte. Dahinter führte eine große Freitreppe direkt in die Elbe hinein. Eine schwarze Gestalt lag leblos mit dem Gesicht nach unten auf den Stufen. Nur eine Stufe tiefer schmiegte sich das dunkle ruhige Wasser an die Steine.

Gerste lief die Stufen hinunter und drehte die Gestalt vorsichtig auf die Seite. »Er ist tot«, sagte er tonlos und kam die Stufen wieder herauf. »Nach der Kleidung zu urteilen, ist er ein katholischer Priester. Er trägt ein Kreuz um den Hals.«

Lale stutzte. »Ein Priester? Das passt so gar nicht ins Opferprofil.«

Gerste sah sie aufmerksam an. »Wovon reden Sie?«

»Es ist nicht zu fassen!!!«, polterte Gerste hinter seinem Schreibtisch hervor. Sein ausgeglichenes und bedächtiges Auftreten schien wie weggeblasen. Er schnaubte wie ein stark gereizter Stier. Kroko duckte sich in seine Notizzettel und Mandy fixierte konzentriert ihre Schuhspitzen.

Lale lehnte mit dem Rücken zum Fenster und hatte die Arme vor der Brust verschränkt. Nur ihre weiß hervortretenden Handknöchel verrieten ihre Anspannung. Betretenes Schweigen.

Gerste holte tief Luft und sah mit wildem Blick in die Runde. Dann brüllte er erneut los: »Jeder macht hier, was er will! Keiner macht, was er soll! Und alle machen dabei mit!!!«

Kroko ließ vor Schreck einige Zettel fallen und Mandy zuckte zusammen, dass die Armreifen nur so klirrten.

Lale schluckte und richtete sich auf: »Herr Gerste, es ist meine Schuld! Die beiden sind nur meinen Anweisungen gefolgt. Ich dachte …«

»Wenn Sie noch einmal derart eigenmächtig vor sich hin denken, können Sie Ihr Berufsleben als Kaufhausdetektivin fortsetzen!!!«, donnerte Gerste, dass die gesamte Schießgasse bebte.

Fast unvermittelt nahmen Gerstes Gesichtszüge wieder einen gleichmütigen Ausdruck an. Er ließ sich langsam auf seinem Schreibtischsessel nieder. »Sie meinen also, jemand inseriert eine eindeutig zweideutige Kontaktannonce, um dann seinen Opfern Arsen einzuflößen?«

Gerste sah Lale an. Lale nickte. »Ja.«

Gerste sah Mandy an. Mandy nickte. »Ja, genau.«

Alle sahen Kroko an. »Quatsch!«, sagte der und kramte in seinen Notizen. »Also, dieses Postfach gehört Willi Fiedler, der es seit fünf Jahren …«

»Das wissen wir!« Lale verdrehte die Augen. »Zur Sache, Schätzchen!«

Kroko grinste verlegen. »Die Adresse von Fiedler ist eine Gartenlaube in einer Kleingartenkolonie im Dresdner Südosten.« Er zog einen Zettel aus seinem Notizenstapel. »Ich bin da gleich mal hingefahren und habe mich umgehört. Die machen zurzeit alle ihre Gärten winterfest … Schöne Anlage übrigens …«

Gerste räusperte sich vernehmlich.

»Schon gut«, meinte Kroko. »Der Garten von Willi Fiedler sieht ziemlich verwildert aus. Die Nachbarn haben sich schon bei der Vereinsleitung beschwert, aber bis jetzt ist nichts passiert. Opa Fiedler selbst hat man dort lange nicht gesehen. Eine Nachbarin sagte, er sei wohl seit Jahren ziemlich krank. Nur ganz selten kommt mal einer von der Familie … irgendwelche Enkel oder Großneffen oder so …«

»Und?«, fragte Gerste.

»Na, ich glaube nicht, dass Opa Fiedler mit Arsen durch Dresden zieht«, sagte Kroko leichthin.

Lale wurde ungeduldig. »Tatsache ist aber doch, dass das Postfach zu der Anzeige von unserem barocken Engel stammt«, stellte sie fest.

»Wenn ich so eine Kontaktanzeige aufgeben würde«, erklärte Mandy, »würde ich auch nicht meine Adresse nennen … Und wenn ich ein Serienkiller bin, erst recht nicht, oder?!«

»Was ist denn mit der Observierung von dem Postfach?«, fragte Lale. »Uns interessiert doch nur, wer die Briefe schließlich bekommt.«

»Gut«, lenkte Gerste ein. »Gehen wir also mal davon aus, dass Sie richtig liegen. Immerhin haben diese Zeugenbefragungen nichts gebracht …«

»Welche Zeugen?« Lale sah ihn verwundert an.

»Na, die rothaarigen Kirschen!«, warf Mandy ein. »Hab ich doch gesagt: blöde Tipperei, und total überflüssig!«

Gerste ergriff erneut das Wort. »Also, wenn wir davon ausgehen, dass an dieser Anzeigengeschichte etwas dran ist … Dann müssen wir das Postfach observieren.«

»In der Gerokstraße ein Postfach zu observieren ist wie nackt durch die Straßen laufen.« Kroko klang frustriert.

»Aha. Und wie ist nackt durch die Straßen laufen?« Gerste sah ihn an. »Kalt?«

»Nein«, sagte Kroko. »Auffällig.«

»Und was ist mit unseren potenziellen Opfern?«, fragte Lale.

»Stimmt!«, rief Mandy. »Noch leben unsere vier Lustmolche ja – hoffentlich!«

Gerste rieb sich das Kinn. »Ja, das ist auch so eine Sache, die Sie mir noch erklären müssen, Frau Petersen.« Er sah sie mit durchdringendem Blick an. »Wie kommen Sie an diese Zuschriften für den barocken Engel …«

Lale richtete sich auf. »Nun, einigen wir uns doch einfach

auf Informantenschutz?« Sie lächelte so verbindlich wie möglich.

Gerste zeigte keine erkennbare Regung. »Sind Sie tatsächlich der Meinung, Sie müssten Ihren Informanten vor mir schützen?«

Gerstes Telefon klingelte. Lale atmete auf und warf Mandy einen viel sagenden Blick zu. Die zog die Augenbrauen hoch und wedelte mit der Hand, als habe sie sich gerade einen Finger verbrannt.

»Wie? – Gerade eben? – Ja. – Wo? – Ach so. – Wir kommen!« Gerste legte den Hörer zurück auf die Gabel. »Wir haben schon wieder eine Männerleiche.«

Als Lale das Café betrat, wurde ihr klar, dass die Zeitung als Erkennungszeichen keine gute Idee gewesen war. Sie gewahrte mehrere Männer mittleren Alters, die in der Sächsischen Zeitung blätterten oder sie zumindest vor sich ausgebreitet hatten.

Seufzend trat sie an den nächstbesten Tisch. »Entschuldigung, warten Sie zufällig auf einen barocken Engel?«

Der Mann sah auf und blinzelte verwirrt. »Wie meinen?«

»Ich möchte wissen, ob Sie, also ob wir hier verabredet sind?« Lale sah ihn aufmerksam an. Offenbar war er in die Börsennachrichten vertieft gewesen.

»Sie und ich?« Er taxierte Lale amüsiert. »Also, das wüsste ich …«

»Sorry.« Lale entfernte sich schnell und trat an den nächsten Zeitungsleser heran.

Der sah sofort von seiner Lektüre auf, grinste frech und fragte: »Kann ich Ihnen helfen?«

»Nur, wenn Sie Uriel heißen!« Lale bemerkte aus den Augenwinkeln, dass sie beobachtet wurde.

»Nein, tut mir Leid!« Der Typ legte seine Zeitung zusammen und zwinkerte ihr zu. »Das tut mir sehr Leid …«

Lale wandte sich zügig ab und war mit wenigen Schritten bei einem weiteren Zeitungsleser angelangt, der weiter hinten im Café saß. Gerade als sie den Tisch erreichte, trat der Kellner hinzu. »Würden Sie es bitte unterlassen, unsere Gäste zu belästigen!« verlangte er frostig.

Am liebsten hätte Lale ihm ihren Dienstausweis unter die hoch gereckte Nase gehalten. Doch der lag noch immer neben der Keksdose in ihrer Schreibtischschublade. Außerdem hätte sie den wahren Erz-Bengel damit unter Umständen verschreckt. Also schlüpfte sie schnell aus ihrem Mantel und drückte ihn dem verdutzten Arroganzling in die Hand. »Also, so wirklich guter Service ist das hier aber nicht«, schnarrte sie blasiert. »Aufhängen!«

Dann sah Lale, dass ein paar Tische weiter noch ein Zeitungsleser saß. Markanterweise hielt er seine Lektüre falsch herum. Das musste er sein.

»Hallo, Uriel …«, raunte Lale ihm zu.

Der Typ ließ die Zeitung sinken. Er war blass um die Nase und sein Blick zuckte nervös hinter den glasbausteindicken Brillengläsern. »Sie sind das?« Seine Stimme zitterte. »Oh, mein Gott …«

Lale runzelte die Stirn. »Sie kennen mich?«

»Ja sicher doch.« Er sah sich nervös um und beugte sich dann näher zu ihr herüber. »Sie sind doch diese neue Kommissarin aus Hamburg …«

Lale war überrascht über ihre eigene Prominenz. »Na, dann müssen wir ja nicht lange um den heißen Brei herumreden«, sagte sie. »Ich bin natürlich dienstlich hier.«

»Natürlich«, sagte der blasse Brillenträger tonlos.

»Ich muss Sie warnen!«, sagte Lale streng. »Wir vermuten, dass diese Kontaktanzeige, auf die Sie geantwortet haben …«

»Oh Gott … wie peinlich …«, jammerte Uriel.

»Dass diese Kontaktanzeige etwas mit den Giftmorden zu tun hat.« Lale sah ihn durchdringend an.

»Oh Gott, man will mich ermorden?« Uriels Stimme klang weinerlich.

»Nun reißen Sie sich mal zusammen!«, herrschte Lale ihn an. »Sie geben doch hier den Erz-Bengel. Übrigens wenig überzeugend.«

»Das ist eine Intrige!« Uriel schluchzte. »Der politische Gegner … Man will mich fertig machen!«

»Nun bleiben Sie aber mal auf dem Teppich!«, verlangte Lale gereizt. »Ich weiß ja nicht, was genau Sie meinen. Aber ich glaube kaum, dass man ihretwegen ganze Mordserien inszeniert.«

Sie musterte das schlotternde Elend von Mann, das vor ihr saß. Wie ein Mafiapate wirkte er wahrlich nicht.

»Sie wissen gar nicht, wer ich bin?«, fragte der Möchtegern-Bengel leise. »Stimmt's?«

»Nein.« Lale sah aus den Augenwinkeln, dass der arrogante Kellner sich ihrem Tisch näherte. Sobald er neben ihr stand, sprach sie laut und deutlich. »Sie müssen mit uns kooperieren! Die Kripo braucht Sie als Lockvogel!« Sie bemerkte den neugierigen Blick des Kellners voller Genugtuung. Dann schnauzte sie ihn unvermittelt an. »Jetzt nicht! Dieses Gespräch ist vertraulich!«

Uriel starrte sie entsetzt an. »Ich? Ein Lockvogel? Für die Kripo? – Oh, mein Gott ...«

»Guter Mann, Sie wiederholen sich!« Dieser verhuschte Pseudo-Bengel ging ihr gewaltig auf die Nerven.

»Frau Kommissarin ... das, das geht nicht!«, stammelte Uriel. »Ich ... ähm ... ich bekleide eine exponierte Stellung ... im Landtag ... verstehen Sie. Wenn das an die Öffentlichkeit ... dann bin ich erledigt. Ich kann mir keinen Skandal erlauben ...« Jetzt griff der feige Brillenträger auch noch nach Lales Hand und umklammerte sie. »Bitte, Frau Kommissarin! Sie müssen mich da raushalten! Ich flehe Sie an ...«

Er spitzte die Lippen und schien ihre Finger küssen zu wollen. Abrupt zog Lale ihre Hand zurück und traf dabei unweigerlich die Nase dieses nervlichen Wracks. Die Glasbausteine gingen zu Boden. Halbblind zwinkerte er sie an und hielt sich die Hand vors Gesicht.

Lale schüttelte angewidert den Kopf. »Also, Sie verhinderter Erz-Bengel, versprechen Sie mir, dass Sie sofort bei uns anrufen, wenn der barocke Engel sich bei Ihnen meldet!« Sie hob das Brillengestell vom Boden auf. Ein Bügel war leicht verbogen. »Und treffen Sie sich auf keinen Fall mit wem auch immer!«

Der Geschlagene nickte. »Ganz großes Ehrenwort ...«, murmelte er hinter seiner Hand hervor.

Als Lale ins Kommissariat zurückkehrte, hing Mandy vornüber gebeugt über ihrem Schreibtisch und schluchzte.

»Mandy?« Lale näherte sich vorsichtig.

Mandy schniefte und sah sie mit verheulten Augen an. »Er

ist, er ist…« Ein weiterer wilder Schluchzer schüttelte die junge Frau.

»Mandy, was ist denn los?« Lale war ratlos.

»Er ist tot …« Mandy heulte jämmerlich.

»Du kennst diesen Priester?«, fragte Lale und fasste Mandy etwas unbeholfen um die Schultern.

Mandy schnaufte und brachte keinen Ton heraus.

»Nun beruhige dich erstmal«, sagte Lale sanft. »Und dann erzählst du mir alles. War er denn schon lange tot?«

«Ich weiß es nicht!«, brach es unter erneutem Heulen aus Mandy hervor. «Ich fühle mich so … schuhuhuhuldig …«

»Na, nun mach mal halblang«, beruhigte Lale sie. »Du kannst doch gar nichts dafür …«

Mandy schniefte unter ihrem Tränenschleier. »Aber ich hätte doch etwas merken müssen …«, jammerte sie kläglich.

Lale zog ein Taschentuch aus ihrer Manteltasche und reichte es Mandy.

Sie wischte sich das Gesicht ab und putzte sich geräuschvoll die Nase. Dann sprang sie plötzlich auf. »Sie war es! Dabei bin ich sicher!«

»Wer?« Lale sah Mandy verwundert an. »Wer ist sie?«

»Gräfin Cosel«, zischte Mandy grimmig.

»Also, dass es da irgendwelche historischen Zusammenhänge gibt, glaube ich ja inzwischen fast selbst«, hob Lale an. »Aber jetzt irgendwelche Geister aus dem wievielten Jahrhundert auch immer zu beschwören … Das geht dann doch zu weit.«

Mandy sah sie verständnislos an. »Was'n für Geister?«

»Ich nehme an, es war wieder das gleiche Schema«, überlegte Lale laut. »Eigentlich passt er gar nicht ins Opferprofil … Oder aber er passt gerade ins Opferprofil …« Lale legte die Stirn in Falten. »Vermutlich war er ein ganz besonders schräger Vogel …«

»Du bist gemein …« jaulte Mandy wieder los. »Der arme Kerl. Und sie sitzt fröhlich pfeifend daneben. Guck doch nur!« Sie deutete auf den Vogelkäfig in der Palme.

Lale warf einen Blick hinein. Einer der Piepmätze lag mit leicht verdrehtem Kopf leblos auf dem Boden, während der andere sich auf einer Stange ausgiebig das Gefieder putzte. Lale unterdrückte ein Glucksen in ihrer Kehle. So war das also.

»Meinst du nicht, der ist vielleicht einfach … tot umgefallen?«, fragte Lale vorsichtig.

Mandy schnäuzte sich. »Und warum er und nicht sie?«

Ein schwungvolles Klopfen unterbrach die beiden Frauen. Mit einem »Wunderschönen-guten-Tag-meine-Damen« stürmte Paul Winter herein und warf sich mitsamt seiner ledernen Aktentasche dynamisch in Lales Schreibtischsessel.

»Es ist Freitagnachmittag, meine Damen! Ist das nicht …?«

»Ein Skandal?« Lale grinste.

Winter fuhr sich durch die Fönfrisur. »Nein … wunderbar!« Er sprühte nur so vor guter Laune. »Und wissen Sie, was ich jetzt mache?«

»Mir mal bitte die Keksdose aus der untersten Schublade geben«, schlug Lale vor.

Winter gehorchte verdattert und reichte ihr die Dose über den Tisch.

»Und jetzt einen von den Handschuhen, da vorne«, kommandierte Lale und deutete mit einem Kopfnicken auf ein Ablagefach.

Winter gehorchte erneut.

Lale streifte sich den Handschuh über und öffnete den Vogelkäfig. »Na los, Winter! Was wollen Sie? Sie sind doch nicht hier, um uns den Wochentag mitzuteilen …«

Als Lale die Hand in den Käfig steckte, stürzte sich Gräfin Cosel angriffslustig darauf. Mit ihrem kleinen Schnabel hackte sie wie wild auf die Hand ein und pickte kleine Löcher in den Einweg-Handschuh.

»Meine Damen Kommissarinnen, ich habe Ihnen etwas mitgebracht«, flötete Winter und zog eine Hülle aus seiner Aktentasche.

»Mistvieh …« schimpfte Lale, die sich gegen eine laut krächzende und wild mit den Flügeln schlagende Gräfin Cosel wehren musste.

»Dies ist die Pressemitteilung zu unserem neuesten Toten«, verkündete Winter, als habe er höchst persönlich den Fall bereits gelöst.

»Der Priester?«, fragte Lale während sie sich weiter erfolgreich gegen die wild gewordene Sittichdame behauptete.

»Nein.« Winter winkte ab. »Ist längst raus.«

»Und?« Lale war es gelungen, den toten August in die Hand zu nehmen.

»War nur zum Seminar hier. Irgendein schwäbischer Pfaffe.« Winters spektakulären Ansprüchen schien diese Leiche nicht wirklich zu genügen. »Der Neue ist besser!«, verkündete er strahlend. »Ein Richter am Obersten Landesgericht … ›Ranghoher Richter in Burgturm gerichtet‹. Ist das eine Überschrift?!«

»Sensationell!« Lale grunzte verächtlich. »Eine echte Spitzenstrategie, der Presse ihren Schwachsinn gleich selbst frei Haus zu liefern!« Vorsichtig zog sie die Hand aus dem Käfig.

»Isch kann gar ni hinsehn!« Mandy hielt sich die Augen zu.

»Kurzum, meine Damen!« Winter sprang auf. »Die Meldung ist raus. Und Sie, meine liebe Frau Petersen … Sie als medienerprobte und erbarmungslose …«

»Kommen Sie auf den Punkt, Winter!«, schnauzte Lale und legte August in die leere Keksdose.

»Also, Sie, Frau Petersen, habe ich als Ansprechpartnerin benannt!« Winter breitete mit Siegergeste die Arme aus. »Sie sind jetzt meine Stellvertreterin!«

»Und Sie mein Sargnagel!« Lale verdrehte die Augen. Gerade wollte sie das kleine Drahttürchen des Vogelkäfigs schließen, als Gräfin Cosel sich mit aggressivem Krächzen den Weg ins Freie bahnte und mit hektischem Flügelschlag direkt auf Winter zuflog. »Scheiße!« Lale seufzte.

Mit lautem Gezeter umkreiste der Vogel Winters Kopf. Der hielt sich die Aktentasche vors Gesicht und zeterte zurück. »Hey, was soll das? Nehmen Sie diesen verrückten Geier weg! Das ist ja lebensgefährlich!«

Lale grinste. »Guck mal, Mandy, so gefällt er mir viel besser … Steht Ihnen gut, so eine Tasche vorm Gesicht!«

Nun huschte auch über Mandys verheultes Gesicht wieder ein Grinsen. »Polizeipressechef von Killer-Sittich erledigt!«, kicherte sie. »Ist das eine Schlagzeile?«

»Nun helfen Sie mir doch endlich!«, stieß Winter hinter seiner Tasche hervor. »Dieses Geflügel ist ja gemeingefährlich.«

»Unsere Gräfin Cosel hat es offenbar auf Sie abgesehen«, feixte Lale und schloss die Dose über dem toten August.

»Na, komm, meine Kleine, komm …« Mandy reckte einen

Zeigefinger in die Luft und ging langsam auf Paul Winter zu. »Komm her, meine Gute. Komm, der Onkel Winter möchte nicht mit dir spielen …«

Gräfin Cosel drehte noch eine rasante Runde durch die Amtsstube und ließ sich dann flatternd und krächzend auf Mandys Finger nieder. Mandy redete leise auf den Vogel ein, der wie hypnotisiert auf ihrem Finger sitzen blieb. »Und nun, husch, husch, wieder hinein ins Körbchen, meine Gute.« Mit einer geschickten Handbewegung setzte Mandy die Ausreißerin in den Käfig und verschloss ihn.

Winter raufte sich die ruinierte Frisur. »Meine Damen, ich schreite nun in meinen wohl verdienten Feierabend!«

»Spitzenmäßige Strategie«, konstatierte Lale. »Schreiten Sie! Und schreiten Sie bitte schnell!«

»Sie sehen aber nun gar nicht aus wie ein barocker Engel, Schätzchen«, sagte der Mann, der Lale gegenüber saß.

»Hören Sie, mich interessieren Ihre ästhetischen und sexuellen Vorlieben wirklich kein bisschen!« Lale wippte ungeduldig mit dem Fuß. »Ich habe doch nun mehrfach erklärt, worum es geht.«

Der Typ grinste anzüglich. »Sie wollen mich also zu meinem Date begleiten … Auch nicht schlecht, so ein Dreier.« Er zündete sich eine Zigarette an. »Aber im Ernst, Herzchen. Mich will keiner umbringen. Mich doch nicht!«

»Und wenn doch?« Lale musterte ihn. »Stellen Sie sich doch einfach mal vor, was wäre, wenn doch …«

»Das muss ich mir nicht vorstellen und das kann ich mir nicht vorstellen.« Er zog eine selbstgefällige Grimasse. »Und, geben Sie es zu! Sie können es sich auch nicht vorstellen!«

Lale unterdrückte einen spontanen Würgreiz. »Phantasie haben Sie wohl nicht?«

»Phantasien …?« Er grinste schmierig. »Natürlich habe ich Phantasien! Auch Sie finde ich gar nicht so übel …« Er beugte sich über den Tisch und blies ihr Rauch ins Gesicht. »Ihr Blondinen seid mir nur einfach zu mager und zu zickig.« Er lehnte sich zurück und nahm schlürfend einen Schluck Bier.

Lale stellte sich vor, wie es wohl wäre, ihm eine große Portion Gift in sein Bier zu schütten. Die Vorstellung gefiel ihr. Doch sie besann sich auf ihre Aufgabe. »Dann muss ich Sie in Schutzhaft nehmen!«

»Das glaube ich gerne, die Nummer liegt dir.« Der Typ lachte und drückte seine Zigarette brutal in den Aschenbecher.

Lale unternahm einen letzten Versuch. »Wir möchten doch nur, dass Sie mit uns kooperieren.«

»Sehen Sie, Kleines, da liegt der Unterschied: Ich möchte kopulieren!« Er trank und sabberte.

Lale sah ihn angewidert an. »Und Sie wollen Pilot sein! Sie können doch ein Flugzeug nicht von einem Bagger unterscheiden!«

»Hauptsache, ich kann dich zickige Bohnenstange von einem üppigen Leckerchen unterscheiden!« Er lachte und wischte sich den Mund am Ärmel ab.

Lale hatte es satt. Sie stand auf und griff nach ihrem Mantel. Prompt erhob sich der Typ ebenfalls. Er war tatsächlich noch einen Kopf größer als sie. Mit einer eleganten Handbewegung, die sie ihm gar nicht zugetraut hätte, half er ihr in den Mantel.

»Fassen Sie mich nicht an!«, schnauzte Lale erbost und verließ im Eilschritt das Lokal.

Als Lale gerade den Schlüssel ins Schloss stecken wollte, wurde die Wohnungstür aufgerissen.

»Überraschung!«, rief Mandy und wedelte mit einem Kochlöffel vor ihrer Nase herum.

»Du siehst ja putzig aus.« Lale grinste. Die ganze kleine Person steckte in Lales viel zu großer blauweißer Fischmarktschürze.

»Wir kochen was Schönes«, verkündete Mandy und flitzte zurück in die Küche, wo Pit mit allerhand Töpfen und Tellern klapperte.

»Hey, Großer«, rief Lale und warf ihren Mantel über den Stuhl.

Pit kam auf sie zu und hauchte ihr ein Küsschen auf die Wange. »Schön, dass du endlich kommst.«

Lale musterte ihn skeptisch. »Nimmst du irgendwelche Drogen, die ich noch nicht kenne?«

»Ich habe mir wirklich ein bisschen Sorgen gemacht«, erklärte Pit treuherzig.

»Wir haben uns Sorgen gemacht«, rief Mandy aus der Küche.

»Mandy, du wirst mir doch nicht den armen Jungen verrückt machen …« Lale warf Pit einen fragenden Blick zu. »Was hat sie dir erzählt?«

»Ich decke dann mal den Tisch«, meinte Pit. »Setz dich Lala-Mama und lass dich überraschen!«

Während Lale es sich am Tisch bequem machte, brachte Mandy eine Schüssel mit dampfenden Spaghettis.

»Und wie war's mit den Lustmolchen?«, fragte Lale.

Mandy grinste breit. »Wenn es nicht so traurig wäre, ich würde lachen … Stell dir vor! Ich komme da rein und denke, ich seh nicht richtig: Onkel Heinrich in voller Lebensgröße.«

»Und wer ist Onkel Heinrich?« Lale schoss ihren rechten Schuh in hohem Bogen vom Fuß.

»Das ist ein Nachbar von meinen Eltern«, erklärte Mandy, bereits auf dem Rückweg in die Küche. »Seine Frau und meine Mutter sind dicke …« Sie blähte die Wangen und deutete mit den Armen einen großen Bauchumfang an, »aber so richtig dicke Freundinnen.«

Lale schoss den linken Schuh vom Fuß. »Und wie hat er reagiert, dein Onkel Nachbar?«

»Ganz blöde hat er geguckt. Und ich habe ihm den Marsch geblasen! Aber rischtsch!« Mandy platzierte eine weitere Schüssel mit solcher Wucht auf dem Tisch, dass die grüne saucenartige Masse nur so spritzte. »Dann habe ich ihn nach Hause geschickt und erstmal die Mutti angerufen, damit die dann mit Heinrichs Frau …«

»Na prima!« Lale schlug sich mit der flachen Hand vor die Stirn. «Und spätestens morgen weiß halb Dresden, dass die Kripo Kontaktanzeigen abfängt – einschließlich unseres Killers!«

»Nee, nee.« Mandy wischte mit einem Schürzenzipfel notdürftig die grünen Flecken vom Tisch. »Der Heinrich denkt doch, die Kontaktanzeige ist von mir.«

»Auch gut.« Lale beäugte skeptisch die grüne Matsche in der Schüssel. »Dann halten eben dich bald alle für den Killer.«

»Macht nischt.« Mandy lachte. »Dann gibt's halt für euch auch eine Portion Arsen.«

Pit trat mit einem Teller an den Tisch. »Tut mir Leid, unser beliebtes Arsen ist gerade aus.« Er deutete eine Verbeugung an.

»Würden die Damen sich vielleicht auch mit einem Spiegelei begnügen?«

»Ich nehme alles, was nicht grün ist«, sagte Lale.

»Du nimmst auch Sauce«, bestimmte Mandy und füllte Spaghetti auf die Teller. Dann gab sie auf Lales Teller einen besonders großzügigen Hub grüne Matsche. »Ohne Spinat sind es schließlich keine Spaghetti mit Spinat mehr.«

»Genau«, sagte Pit und legte vorsichtig ein Spiegelei auf das grünliche Nudelensemble.

»Du isst Spinat?« Lale musterte ihren Sohn ungläubig. »Das habe ich ja seit bald 17 Jahren nicht erlebt.«

»Irgendwann ist eben immer das erste Mal«, krächzte Pit und grinste verschmitzt.

»Hast du den ›devoten Devil‹ denn auch getroffen?« Lale wickelte Spaghetti um ihre Gabel.

Mandy schüttelte kauend den Kopf. »Nö«, stieß sie zwischen ihren Nudeln hervor. »Der hat mich versetzt, der Sack.« Sie schluckte. »Und wie war der Höhenflug mit deinem Piloten?«

Lale suchte noch nach einer adäquaten Formulierung als es an der Tür klingelte.

»Soll ich?« Mandy war schon aufgesprungen und mit einem Satz an der Tür. »Isch geh kabudd, die Biggi!« Mandy fiel Brigitte um den Hals und zerrte sie in die Wohnung.

Die beiden Frauen lagen sich lachend in den Armen. Pit Bull kläffte kurz und drängte sich an ihnen vorbei. Aufgeregt rannte er auf Lale zu und begann dann wild kläffend um sie herumzulaufen.

»Na, komm mal her, mein Feiner …« Lale hielt dem Hund die Hand hin. »Na, komm …«

Pit Bull knurrte.

Brigitte befreite sich aus Mandys Umarmung. »Aus, Pittiplatsch! Lass das!« Dann wandte sie sich Pit zu. »Hallo, ich bin die Brigitte.«

Pit sprang auf und reichte Brigitte die Rechte. »Schön, Sie mal kennen zu lernen«, krächzte er. »Ich bin Pit, also Pit Mensch.«

»Na, dein Pit hat aber sehr viel bessere Manieren als meiner«, sagte Brigitte anerkennend.

»Du solltest ihn erstmal mit der Chipstüte hantieren sehen.

Kein Vergleich!« Lale wandte sich lachend dem noch immer aufgeregt kläffenden Hund zu. Er sauste erneut einige Runden um Lale herum und wollte sich gar nicht beruhigen.

»Und?« Brigitte beugte sich neugierig über den Tisch. »Was habt ihr herausgefunden?« Sie blickte aufmunternd in die Runde. »Bei uns in der Redaktion war ja heute der Teufel los! Kaum waren die Lokalseiten fertig, kam schon die nächste Meldung rein. Stimmt das mit dem Richter?«

Lale zog ihren Mantel vom Stuhl und kramte in der Tasche. »Moment, das hat uns der Presse-Paul doch in die Hand gedrückt…« Pit Bull sprang knurrend an Lale hoch und biss in ihren Mantel. »Aus! Du alte Töle!«, meckerte Lale. Sie zog ein ziemlich lädiertes Blatt Papier hervor und reichte es Brigitte. »Lies!«

Brigitte überflog murmelnd den Text. »Auf der Burg Stolpen… tot aufgefunden … Coselturm … im Abort vom Schlafgemach der Gräfin …« Sie schüttelte verwundert den Kopf. »Tststs! Hat der denn auch? Ich meine, hat der auch auf die Anzeige …?« Brigitte sah Lale an, dann Mandy und verstummte.

»Wie jetzt?«, fragte Mandy. »Du kennst die Geschichte schon?«

Lale winkte ab. Sie kämpfte noch immer mit Pit Bull um ihren Mantel. Der Hund wollte den Stoffzipfel offenbar unter keinen Umständen freigeben.

»Dann hast du die Zuschriften rausgerückt!«, kombinierte Mandy.

Brigitte senkte den Blick. »Sag mal, Mandy, wie geht's eigentlich deinen Eltern? Max hat auch schon nach ihnen gefragt. Seit euer Opa tot ist, sieht man ja keinen von euch mehr im Garten.«

Mandy grinste verwegen. »O.k., ich weiß von nischt!«

»Könnten die Damen mir vielleicht mal zur Hand gehen?« Lale und Pit Bull zerrten noch immer an dem Mantel. »Das Mistvieh ist vielleicht stur …«

»Pit Bull! Hier her!«, schnauzte Brigitte.

Pit Bulls Knurren wurde lauter. Er zog mit erstaunlicher Kraft und – ratsch! – hatte eine Ecke des Mantels zwischen seinen Zähnen. Stolz legte er Brigitte seine Beute vor die Füße.

Pit lachte Lale an. »Das hast du nun davon!«

»Blöder Köter!«, zischte Lale und schnitt Pit Bull eine Grimasse. Der ignorierte Brigittes Schimpftirade und kam fröhlich wedelnd wieder auf Lale zu. »Ja, ja, und jetzt wieder gut Wetter machen …« Lale wollte den Hund gerade versöhnlich streicheln, als der sich mit einem geschickten Ausweichmanöver erneut auf ihren Mantel stürzte. »Du hinterhältiger kleiner Triebtäter«, schimpfte Lale und musste lachen. »Hier! Jetzt kannst du ihn auch ganz haben.« Sie warf den Mantel auf den Boden und Pit Bull stürzte sich in wildem Geknurre darauf.

»Sag mal, Biggi, wie geht es Max denn so?«, fragte Mandy.

Brigitte machte eine abwehrende Handbewegung. »Sei froh, dass du den los bist! Der spinnt total. Jetzt hat er eine neue Kirsche …« Brigitte überlegte. »Moment, die müsstest du auch noch kennen. Weißt du noch? Da war doch dieses Gartenfest, als der Grill beinahe in die Luft geflogen ist …?«

Mandy überlegte. »Nu, klar! Als Max die halbe Flasche Spiritus …«

»Nein.« Brigitte schüttelte den Kopf. »Er wollte Bier über das Fleisch schütten. Und dann hat er die falsche Flasche erwischt …«

»Genau.« Mandy schien sich zu erinnern. »Hat er da nicht dieses Schädlingsmittel erwischt?«

»Stimmt, und wir konnten das ganze Fleisch wegwerfen …« Brigitte lachte auf. »Weißt du noch, wie dein Opa sich aufgeregt hat, dass das ganze gute Fleisch in den Müll musste.«

Mandy setzte sich in Pose. »›Nu, Willi, du bist escht so was von bleede‹«, imitierte sie eine Altmännermiene. »›Irschendwann haste uns alle vergiftet, nu, und deine Schnecken biste dann ooch los‹.«

Mandy und Brigitte prusteten so laut los, dass Pit Bull erschrocken von seinem Kampf aufsah. Dann wandte er sich wieder knurrend den Mantelfetzen zu.

»Dein Opa und der Schnecken-Willi«, japste Brigitte und wischte sich die Tränen aus den Augenwinkeln. »Die waren auch ein Gespann. Vor allem Willi mit seinen Giftpullen. Die hat er doch an alle verschenkt. Was war das eigentlich für ein Zeug, das er da immer mit sich herumtrug …«

»Schneckenschreck oder so.« Mandy hielt sich den Bauch. »Er

hat das erst selbst destilliert und dann mit irgendwas verdünnt. Einmal …« Sie prustete wieder los. »Einmal hat er es doch so übertrieben, dass sein ganzes Grünzeug total verbrannt war …«

»›Nu, aber die Viescher sin hin!‹« Brigitte schüttelte den Kopf. »Eigentlich fast ein Wunder, dass dabei nie einer zu Schaden gekommen ist. Weißt du, was aus Schnecken-Willi geworden ist? Wie hieß er noch …?«

»Fiedler, Willi Fiedler, der Schrecken der Schnecken …« Plötzlich hielt Mandy inne und sah Lale an.

Lale schaute von einer zur anderen. »Du meinst, ihr redet hier gerade von dem Typen, dem das Postfach gehört?«

Mandy nickte. »Wenn es stimmt, was Kroko gesagt hat, also, dass er keinen anderen Willi Fiedler gefunden hat, dann gehört das Postfach dem alten Schnecken-Willi!«

Brigitte schluckte. »Ihr meint das Postfach vom barocken Engel?«

Lale und Mandy nickten.

»Ist doch praktisch«, sagte Pit. »Dann habt ihr ja quasi euren Killer!«

Brigitte schüttelte den Kopf. »Das glaube ich nicht. Nicht Schnecken-Willi! Wenn der überhaupt noch lebt.«

Mandy wackelte nachdenklich mit dem Kopf. »Nee, der Willi natürlich nicht. Aber vielleicht …«

»Was meinst du?« Lale lauerte.

»Vielleicht existiert noch mehr von seinem Gift …«, mutmaßte Mandy. »Immerhin hat er es flaschenweise verteilt. Und dann das Postfach.«

»Vielleicht nutzt da nur irgendwer die Ressourcen«, warf Pit ein.

»Hey, der Junge ist gut!«, rief Brigitte.

»Und dabei auch noch so wohlerzogen«, feixte Mandy. »Nee, im Ernst. Wir quatschen dich hier die ganze Zeit mit unserem Kram zu …«

»Du, Mandy«, sagte Lale grinsend. »Du hast ihn zugequatscht.«

»Na gut, dann eben ich.« Mandy knuffte Pit freundschaftlich in die Seite. »Wie gefällt es dir eigentlich hier in Dresden so?«

Pit grinste breit. »Dresden ist echt geil. Kultur bis der Arzt kommt.«

»Ich sag ja, Drogen …« Lale tippte sich mit dem Zeigefinger an die Stirn. »Vor einer Woche saß er noch in abgerissenen schwarzen Klamotten herum und schüttelte die wilde Mähne zu dröhnenden E-Gitarren.« Sie grinste. »Und jetzt taucht mein Sohn in die europäische Kulturgeschichte ab. AG-Projekt oder so. Sogar morgen, an seinem Geburtstag, beschreitet er lieber historische Pfade als zu feiern!«

»Hört nicht auf das verwirrte Muttertier«, verlangte Pit. »Unsere Geschichte-AG ist voll gut. Wir machen bei einem Wettbewerb mit: ›Feministische Lesart der Vergangenheit‹. Wir arbeiten da an einem Beitrag über Gräfin Cosel und August den Starken.«

Brigitte nickte anerkennend. »Das klingt anspruchsvoll … und so feministisch. Machen viele Jungs mit?«

»Nee, eigentlich nicht.« Pit grinste schief. »Ein paar Mädels aus meiner Klasse und … ich.«

»So, so. Na, die Feministinnen von heute laufen wohl nicht mehr in lila Latzhosen herum.« Lale zwinkerte Pit zu. »Und welche von den kulturbeflissenen Damen hat es dir besonders angetan?«

»Es ist nicht so, wie du wieder denkst.« Pit errötete. »Außerdem stehe ich gar nicht auf so junges Gemüse. Ich finde richtige Frauen viel interessanter.«

»Siehste, und wir Frauen wollen auch keine alten Knacker!«, rief Mandy.

»Genau. Und außerdem sind gar nicht alle Männer so, so, so komische Macker«, unterstützte Brigitte Pit. »Es gibt eben auch andere …«

»Apropos«, sagte Lale. »Solltest du heute nicht Besuch von deinem Süßen bekommen?«

Brigittes Miene verfinsterte sich. »Der Mistkerl hat sich noch nicht gemeldet.«

»Männer …«, flötete Mandy. »So viel also zur feministischen Lesart der Gegenwart.«

Pit Bull rekelte sich genüsslich auf den Fetzen, die er von Lales Mantel übrig gelassen hatte. Er gähnte. Lale warf einen prüfenden Blick über den Tisch, zupfte einen Zipfel Geschenkband zurecht und zündete die Kerzen an.

Aus Pits Zimmer waren Schritte zu vernehmen. Pit Bull bemerkte es zuerst und sprang auf. Schwanzwedelnd empfing er das Geburtstagskind während Lale fröhlich drauflos schmetterte: »Zum Geburtstag viel Glück … Zum Geburtstag viel Glück!«

Pit verzog schmerzvoll das Gesicht und Pit Bull legte die Ohren an und zog den Schwanz ein. Lale wusste, dass Singen nicht gerade eine ihrer Stärken war, wollte aber nicht zu schnell aufgeben. »Zum Geburtstag, zum Geburtstag, zum Geburtstag viel Glück …«

»Danke, du Lala-Mama.« Pit grinste schief und streichelte Pit Bull, der leise winselte.

»Happy Birthday to you«, hob Lale erneut an. »Happy Birthday …«

Lales Handy unterbrach lautstark ihre Darbietung.

»Oh, danke!«, seufzte Pit.

Noch immer summend griff Lale nach dem Telefon.

Es war Gerste. »Frau Petersen, guten Morgen. Wir haben einen weiteren Toten.«

»Och, nee, nicht schon wieder«, nörgelte Lale. »Ausgerechnet heute …«

Gerste schien ihren Unmut geflissentlich zu überhören. »Mandy holt Sie ab. Wir treffen uns in einer halben Stunde.«

Lale sah auf die Uhr. »Also um halb Neun? Und …«

»Nicht um halb Neun. Um Zehn«, korrigierte Gerste und legte auf.

Ach ja, richtig, die Uhr. Sie zeigte noch immer acht Uhr an. Lale klopfte auf ihre Armbanduhr und stellte die Zeiger auf halb Zehn.

Als sie sich Schuhe und Jacke anzog, wedelte Pit Bull fröhlich um sie herum.

»Ich glaube, der muss mal raus«, meinte Pit.

Am Terrassenufer stand Gerste im leisen Nieselregen. Er beobachtete gleichmütig das Anlegemanöver eines Schiffes, das ziemlich viel Ähnlichkeit mit einem schwimmenden Gewächshaus hatte. Am Bug des Schiffes las Lale »MS Gräfin Cosel«. Lale seufzte. »Moin.« Pit Bull beschnupperte interessiert Gerstes Schuhe.

»Das ist ja ein Ding«, sagte Mandy fröhlich. »Unser Pittiplatsch mag Sie, Chef.«

Ein Bootsmann sprang an Land, wickelte ein Tau um den Poller und zog das Boot langsam näher an den Anleger. Dann kam er, die Hände in den Hosentaschen, auf sie zu.

»Scheißwetter.« Der Bootsmann musterte erst Mandy, dann Lale und schließlich Gerste. »Moin«, sagte er und reichte Gerste die Hand. »Kripo?«

Pit Bull brach in wildes Gekläffe aus und Lale hatte alle Hände voll zutun, den Hund zu bändigen. Gerste nickte knapp.

»Schöne Sauerei, das.« Mit einem Kopfnicken deutete der Bootsmann auf das Schiff. »Is draußen, auf'm Außendeck.«

»Seit wann?«, fragte Gerste.

»Keine Ahnung.« Der Bootsmann zuckte die Achseln. »Als wir losgefahren sind, war er noch putzmunter.«

»Und wann sind Sie losgefahren?«, mischte sich Lale ein. Pit Bull knurrte noch immer leise vor sich hin.

»So gegen halb Neun, wie immer.« Der Bootsmann betrachtete argwöhnisch Pit Bull.

»War der Mann in Begleitung?«, fragten Lale und Gerste im Chor. Ein verhaltenes Lächeln huschte über Gerstes Gesicht.

»Joa …« Der Bootsmann schien nachzudenken. Er sah Mandy von oben bis unten an. »So ne kleine Dicke war bei ihm … Is dann aber in Blasewitz ausgestiegen.«

Gerste räusperte sich. »Tja, Frau Petersen, das war's dann wohl mit Ihrer Theorie.«

»Wieso das denn?«, entgegnete Lale. »Halten Sie mal bitte!« Sie drückte Gerste Pit Bulls Leine in die Hand und kletterte an Bord. Mandy folgte ihr.

Als sie gemeinsam über das feuchte Außendeck schlitterten, stieß Mandy einen Schrei aus. »Iiih! Ist das eklig!«

Der Tote hing kopfüber über einem Tisch. Um ihn herum war Erbrochens verteilt. Es stank erbärmlich.

»Erinnert mich irgendwie an die eine oder andere Nudelsauce.« Lale trat entschlossen auf den Toten zu. Sie hob seinen Kopf an und ließ ihn sogleich angewidert wieder los. Es war der Pilot. »Das ist der Typ von gestern Abend!«

Mandy riss die Augen weit auf. »Du meinst der, mit dem du dich zuletzt getroffen hast?«

»Guck mal weg!«, verlangte Lale. Sie begann, die Taschen des Toten zu durchsuchen.

»Nichts lieber als das! Ist ja nicht gerade ein schöner Anblick.« Mandy drehte sich zur Seite.

»Der Typ war auch lebendig ein echter Kotzbrocken.« Lale zog ein Handy aus einer Jackentasche des Piloten. »Das nehmen wir mal mit.« Mandy schielte verstohlen zu ihr herüber. »Meinst du, der Killer sendet seine Telefonnummer mit?«

Lale grinste. »Jeder macht doch mal einen Fehler.«

»Achtung!«, zischte Mandy. »Die SpuSis kommen.«

Sie gingen zurück zu Gerste, der nachdenklich Pit Bulls Kopf tätschelte. Lale grinste zufrieden. »Herr Gerste, meine Theorie erhärtet sich zu handfestem Gestein! Der Tote ist genau der Mann, den ich gestern getroffen habe.«

Gerste rieb sich bedächtig das Kinn. »Wenn das so ist …«

»Wo steckt eigentlich Kroko?« Mandy sah sich zwischen den kriminaltechnischen Mitarbeitern um.

»Er observiert«, sagte Gerste. »Dieses Postfach …«

»Na, das ist dann wohl zu spät«, konstatierte Lale.

Mandy brachte den Wagen mit quietschenden Reifen vor dem Postamt zum Stehen. »Da ist ja unser Dr. Watson«, sagte Mandy und deutete auf den Unterstand einer Haltestelle.

»Du bleibst hier«, sagte Lale zu Pit Bull, der es sich auf dem Rücksitz bequem gemacht hatte. Sie sprang aus dem Wagen und war mit wenigen Schritten bei Kroko. Er saß zusammengesackt im Wartehäuschen. »Nun guck dir das an!« Lale schüttelte den Kopf. »Der sitzt hier rum und pennt.«

»Bist du sicher?« Mandy kam um den Wagen herum und trat zu Kroko. »Kroko? Uwe? Hey …!« Mandy tätschelte Krokos Wange. Dann griff sie nach seinem Handgelenk.

»Und?«, fragte Lale.

Kroko schreckte auf und Mandy machte schreiend einen Satz rückwärts. Kroko sah irritiert von einer zu anderen. »Was, was … was ist denn … los?«, stammelte er verwirrt.

»Das wollten wir eigentlich von Ihnen wissen!«, sagte Lale und blickte zum Eingang des Postamtes. »Irgendwelche Neuigkeiten?«

Kroko kramte einige Zettel aus der Jackentasche und

griff zu dem Stift, der hinter seinem rechten Ohr klemmte. »Dienstantritt gegen sieben Uhr … Erste verdächtige Bewegungen gegen 08:12 Uhr: weibliche Person nähert sich dem Eingang des ZO und wirft dann Schriftstück – vermutlich Brief – in den Postkasten.« Er deutete mit dem Zeigefinger auf einen Postkasten, der einige Meter vor dem Eingang stand.

Lale verdrehte die Augen und verkniff sich eine Frage nach »ZO«. »Weiter …« Sie wedelte ungeduldig mit der Hand.

Kroko klammerte sich an seinen Zettel. »08:35 Uhr: männliche Person studiert ÖPNV-Fahrplan, studiert Postkastenleerungszeiten -Angaben direkt auf Postkasten-, wartet stehend, etwa hier …« Kroko ging zwei Schritte zur Seite und zeigte in eine Ecke des Wartehäuschens.

Mandy kicherte albern und Lale biss sich auf die Unterlippe.

»Um 08:42 Uhr besteigt männliche Person eine Straßenbahn.« Kroko zog einen weiteren Zettel aus der Jackentasche. »09:20 Uhr: junge Person männlichen Geschlechts nähert sich aus östlicher Richtung und betritt das Zielobjekt bzw. dessen Vorraum …«

»Und? Sind Sie hinterher?« Lale wippte ungeduldig mit den Schuhspitzen.

»Sicher.« Kroko nickte. »Person betätigte Geldautomat … Soweit ich es beurteilen kann, fachgerecht.«

»Wie?« Lale fasste sich an den Kopf. »Klartext!«

»Der Typ hat Geld abgehoben«, übersetzte Mandy. »Da drin ist ein EC-Automat.«

»Da drin ist ein Geldautomat?«, rief Lale. »Warum erfahre ich das erst jetzt?!« Sie ging auf den Eingang zu. »Mitkommen!« Die Tür war verschlossen. »Mist!«, schimpfte Lale und bemerkte dann einen Schlitz in der Wand. »Los! Karte!« Sie fuchtelte ungeduldig mit den Fingern vor Mandys Stupsnase herum.

»Moment.« Mandy zog ihr Portemonnaie aus der Tasche.

»Sie haben diese Kreditkartennummer drauf?« In Krokos Stimme schwang Bewunderung. »Wie im Film?«

»Blödsinn!«, herrschte Lale ihn an. »EC-Karte natürlich.« Sie nahm die Karte von Mandy entgegen und steckte sie in den Schlitz. Das rote Lämpchen wurde grün. Lale entnahm die Karte und drückte die Tür auf. Mandy und Kroko folgten ihr in den Vorraum des Postamtes.

Lale sah sich um. »Dort rechts sind die Postfächer und da ist der Automat«, murmelte sie. Ihr Blick suchte die Wände ab. »Da oben!« Lale deutete auf die Wand über dem Automaten. »Da ist eine Kamera!«

»Ist ja genial!« Mandy frohlockte. »Wir können uns unseren Killer gemütlich auf Video reinziehen!«

Lale duckte sich unter Mandys bunt geblümten Regenschirm und Kroko stülpte sich die Kapuze seines Anoraks über den Kopf. Nur Pit Bull schien der Regen nicht zu stören. Er lief munter im Zickzack durch den Zwinger und schnupperte herum.

»Na, heute ist hier aber nicht viel mit lustwandeln.« Lale schüttelte sich. »Wo habt ihr ihn gefunden?«

»Hier rüber.« Mandy dirigierte Lale zu dem Brunnen. »Hier im Nymphenbad hing er drin, der dicke Italiener.«

»Etwa so.« Kroko beugte sich über den Brunnenrand und hielt die Arme ausgestreckt. »Nur tiefer.«

»Ist ja gut, Kroko.« Lale zog die Schultern hoch und sah sich um. »Nicht viel los heute, bei dem Wetter.«

»Hey, guck mal, da hinten ist ja Pit«, rief Mandy und deutete in Richtung Kronentor. »Mit seinem Feministinnen-Club.«

Lale grinste. »Kommt, wir gehen mal rüber. Das muss ich mir näher ansehen.« Sie zog Pit Bull weiter, der gerade ein paar Tropfen Pipi am Nymphenbad absonderte.

»Was haben die denn alle für ulkige Deckel auf dem Kopf?« Mandy lachte. »Diese Hüte sind ja noch krasser als mein Schirm.«

Kroko holte sie ein. »Hey, nehmt mich mit! Wo wollt ihr denn hin?«

Als sie näher kamen, erkannte Lale Pits krächzende Stimme.

»… zeigt der Zwinger doch ganz deutlich das Prunkvolle und Prachtvolle, diese delikat-frivole Lebensfreude des Barock auf der einen Seite. Und auf der anderen Seite fürchtete man die Vergänglichkeit und befand sich in unaufgeklärter Unsicherheit.« Pit stutzte, als er Lale nahen sah.

»Sehr schön, Pit«, sagte eine tiefe Frauenstimme. »Der barocke Mensch wollte also diese Unsicherheit überwinden, und zwar indem er auf eine gottgewollte Ordnung zurückgriff. Und was war diese gottgewollte Ordnung …? Was wollte Gott?«

Einige Arme wurden in die Luft gereckt. »Ja, Doreen bitte«, sagte die Frau, die offensichtlich die Gruppe leitete. Sie deutete auf einen der geblümten Regenhüte.

»Nu, also Gott wollte natürlich immer, was die Männer wollten«, antwortete die Schülerin eifrig. »Also eine absolutistische Ordnung, in der die Unterdrückung als Zivilisierung galt.«

»Richtig«, bestätigte die Gruppenleiterin. »Und wer wurde vor allem unterdrückt?«

»Die Frauen!«, erschallte es im Chor.

Pit Bull bahnte sich einen Weg durch die Gruppe. Die Mädels hüpften kreischend zur Seite. Der Hund begrüßte Pit wie einen lange verschollenen Verwandten und winselte vor Freude.

»Na, du bist aber eine Süße!«, rief die Gruppenleiterin entzückt und knuddelte Pit Bull, der ihr freudig die Hände leckte.

»Er ist ein Er«, korrigierte Lale. »Und ich weiß nicht, ob ›süß‹ so die geeignete Bezeichnung ist für unseren Pit Bull.« Sie grinste. »Aber wenn er hier und da einen Mantel verspeisen darf, ist er ganz friedlich.« Lale reichte der Frau die Hand. »Ich bin übrigens Lale Petersen, die Mutter von Pit Mensch hier.«

»Angenehm«, sagte die Gruppenleiterin. »Ich bin Constanze Kernmann, die Geschichtslehrerin. Nennen Sie mich ruhig ›Kernie‹. Die Schüler tun das auch.«

»Klasse Hut!«, warf Mandy ein.

»Wir arbeiten zusammen«, flötete Kroko und deutete auf Lale. »Bei der Kripo!« Er starrte die Lehrerin fasziniert an.

Lale verdrehte die Augen und Pit musterte Kroko missbilligend. »Was ist das denn für ein Komiker?«, flüsterte er Lale zu. Sie winkte ab.

»Na, vor Ihnen muss frau wohl richtig Angst haben, Herr Kommissar!«, sagte Kernie lachend und wandte sich wieder Lale zu. »Sie haben wirklich einen ganz großartigen Sohn, Frau Petersen! Es ist doch sehr selten, dass sich ein Junge in diesem Alter für die feministische Lesart der Geschichte interessiert.«

Lale bemerkte amüsiert, dass Pit bis zu den blonden Haarwurzeln errötete.

»Meine Worte ...«, bestätigte Mandy grinsend. »Ein richtig toller Typ, der Pit.« Sie zwinkerte ihm zu.

»Und Sie sind seine Freundin?«, fragte Kernie und musterte Mandy wohlwollend.

»Leider nicht!« Mandy legte betrübt den Kopf zur Seite. »Sie müssen wissen, so was wie ich ist unserem Pit viel zu jung und unerfahren.«

In diesem Moment klingelte es in Lales Jackentasche. »Petersen.« Pit Bull knurrte als sie zum Handy griff. Lale trat ein paar Schritte zur Seite.

»Huch, hallo Lale, dich wollte ich doch gar nicht anrufen«, sagte Brigitte. »Aber macht ja nichts. Alles klar mit Pittiplatsch?«

»Keine weiteren Mantel- oder Degen-Geschichten«, erwiderte Lale. »Im Moment benimmt sich der kleine Scheißer einwandfrei. Und bei dir?«

»Oh, alles bestens.« Brigitte schien es eilig zu haben. »Also tschüss dann!«

»… und Barock, das kommt eigentlich von ›barocco‹, was soviel heißt wie ›grobe ungeschliffene Perle‹«, dozierte Kernie gerade.

»Und barocke Engel? Woher kommt das?«, fragte Mandy interessiert.

»Nun, das Barock war, so könnte frau sagen, die letzte Zeit der Engel vor der Aufklärung.« Die Lehrerin lächelte betrübt. »Was den Feminismus angeht, so verharren wir allerdings noch in geradezu barocken Zeiten.«

Lale beobachtete grinsend, wie Kroko an den Lippen der Lehrerin hing. Pit belauerte ihn mit gerunzelter Stirn. In Lales Jackentasche klingelte es erneut. Wieder knurrte der Hund. Er sprang an Lale hoch, als sie das Handy hervorkramte. »Petersen.«

»Das kann doch nicht sein! Bin ich denn blöde?«, rief Brigitte.

Moment mal … Lale betrachtete das Gerät. Pit Bull kläffte. Das war gar nicht ihr Handy.

»Brigitte?« Sie presste das Telefon ans Ohr.

»Ja«, sagte Brigitte. »Aber ich bin sicher, dass ich eine ganz andere Nummer …«

»Wolltest du …?« Lales Gedanken zuckten. »Hör mal! Ist dein Freund vielleicht … Pilot?«

»Ja«, sagte Brigitte verständnislos. »Norbert ist Pilot. Aber was machst du an seinem Telefon?«

Mandy beobachtete Lale. »Du bist so weiß um die Nase. Ist irgendwas?«

»Sie sind sicher furchtbar im Stress, bei all diesen Morden in letzter Zeit«, sagte Kernie mitfühlend. »Ich habe das Ganze in der Zeitung verfolgt. Ist ja schrecklich! Acht Morde in nur acht Tagen …«

»Ach was, wir haben das alles unter Kontrolle«, sabberte Kroko. »Sie dürfen nicht alles glauben, was in der Presse steht.«

Lale schluckte. In der Presse standen sieben Morde. Den achten Toten hatten sie doch erst heute Morgen gefunden. Lales Gehirn arbeitete auf Hochtouren. »Pit, tu mir einen Gefallen! Fahr schnell nach Hause zu Brigitte!«

»Wie?«, krächzte Pit. »Ausgerechnet jetzt?«

»Ja, ausgerechnet jetzt.« Lale warf ihm einen eindringlichen Blick zu. »Und zwar sofort, und nimm den Hund mit!«

Pit trollte sich gemeinsam mit Pit Bull, während Kroko noch immer entzückt auf die Lehrerin eingrinste.

»Sagen Sie, Frau Kernmann«, fragte Lale. »Ist es eigentlich richtig, dass dieser starke August seine Geliebte so schlecht behandelte?«

»Viel schlimmer, als die Geschichtsbücher uns glauben machen wollen«, antwortete Kernie. »Aber Gräfin Cosel steht natürlich nur für zahlreiche Frauenschicksale, von deren schrecklichem Ausmaß wir uns gar keinen Begriff machen.« Sie schüttelte traurig den Kopf. »Demütigung, Unterdrückung, Gewalt … Lug und Trug in allen Facetten. Das ist es doch, was viele Männer uns Frauen heute noch antun!«

Mandy warf Lale einen fragenden Blick zu. Lale nickte fast unmerklich zurück.

»Sagen Sie, Frau Kernmann …« Lale hob den Finger an die Nase. »War es denn damals nicht üblich, dass die Damen der feineren Gesellschaft sich ihrer ungeliebten Ehemänner mal eben entledigten … sagen wir, mit Gift?«

»Oh ja, doch.« Die Lehrerin lächelte süffisant. »Aber das taten sie im stillen Kämmerlein, hinter verschlossenen Türen. An den Zuständen änderte das nicht viel.«

»Aber hätte die Cosel den August nicht auch mal eben …« Mandy machte eine zügige Handbewegung auf Höhe ihrer Kehle.

Kroko schaute verdutzt von Mandy zu Lale und zurück.

Die Lehrerin lächelte verunsichert. »Sicher, warum nicht? Wissen Sie, was dieser Mann über die Frauen gesagt hat?

›Schönheit lockt mich, Charakter widert mich an‹. Nach heutiger Sicht müsste frau ihr quasi dazu raten …«

Lale stemmte die Hände in die Hüften. »Man … Entschuldigung! Frau kann natürlich auch eine Kontaktanzeige aufgeben… Und all diesen Typen, die sich für einen starken August halten, ein bisschen das Maul stopfen …«

»Oh ja«, sagte Mandy. »Mit dem leckeren Schneckenschreck vom guten alten Willi …«

Die Lehrerin schien entschlossen, Haltung zu bewahren. »Weisheit lockt mich – Männer widern mich an«, sagte sie mit tiefer Stimme und warf ihren Regenhut in die Luft. Lange rote Haare glitten auf ihre Schultern.

Mandy hielt sich die Hand vors Gesicht und Lale biss sich auf die Unterlippe. »Kroko! Festnehmen!«